유학이 아닌 유교다

(선비란?)

유학이 아닌 유교다

(선비란?)

최관호 지음

국학자료원

책머리에서

요즘 사서삼경(四書三經)의 유교강의를 들으면 어느 강사든 유교(儒敎)라고 지칭을 하나 "유교가 종교냐"고 물으면, "종교(宗敎)가 아니라 유학(儒學)"이라고 대답하는 것이 통용 되어있다. 이 책에서 유학과 유교를 통용하여 썼으나 왜! 유교(儒敎)가 되어야 하는지 내용을 설명해 놓았다.

1960대는 우리사회에 유학(儒學)은 사양(斜陽)길의 마지막 문화를 걷던 시대이었다. 따라서 국민은 나라가 유교 문화 때문에 일본에게 지배를 당했고, 빈한하게 살게 된 모든 것이 유학(儒學)때문이라고 믿게 되었다.

1960년 이전만 해도 1개 면단위에 서당이 한 개씩은 있었다. 6,25사변 이후 UN군의 주둔으로 인해 서구문물이 군사문화를 타고 물밀 듯이 들어와서 심지어 도시의 시장골목에서도 댄스교습소가 있었으며, 또한 번화한 길거리에서도 댄스 춤을 추는 것을 볼 수 있었다.

남녀칠세부동석(男女七歲不同席)이 통하던 시대가 하루가 다르게 변해가던 시기였다. 식생활 문화뿐 아니라 모든 생활에 대변혁이 일어나고 있던 시대였다. 이때에 국민들의 이목을 끌던 영화 자유부인이 대히트를 하면서 시중의 화젯거리가 되었다. 그러니 우리의 전통 문화는 서구문물 속에서 사라질 수밖에 없었다. 국민들도 우리의 전통예의를 버리고 농경사회의 경제에서부터 모든 생활과 인습이 하루가 다르게 바뀌고 있었다. 70년대를 접어들어서면서 농업에서 공업국이 되면서 직장에 남녀 관계가 달라졌다. 남녀 간에 악수는 물론 서로 안고 뒹구는 것이 통상적이었다. 필자가 2007년 통영에서 부산으로 이사 올 때만해도 전철 속에서 옆 좌석 여성의 성추행은 자연스러운 시대이었다.

세계에서 예의(禮儀)라면 어느 나라도 우리의 전통을 따라올 수 없었다. 그러나 서구의 에티켓이라는 대인관계의 언어가 통용되면서 유행어가 되어 상대에게 조금만 눈살 찌푸릴 짓만 해도 "에티켓도 몰라!" 하고 큰소리치며 핀잔을 주었던 시대였다.

TV가 없던 시대에 라디오 방송국 뉴스 전후(前後)시간을 할애 하면서까지 에티켓에 대한 질문과 답변을 하는 시간을 배려하여 방송을 하고 있었다. 대담 내용은 상대방에 대한 행동의

배려와 예의(禮儀)를 들어 묻고 답하는 것으로 진행되는 프로그램 이었다. 그러나 요즘은 우리국민의 대인관계 수준이 높아졌는지 에티켓이라는 그 말은 사라지고 들어볼 수 없다.

웃지 못 할 일은 우리는 동방예의지국(禮儀之國)이라고 자칭하고 있는 나라이었다. 예의(禮義)가 300가지이며 위의(威儀: 몸짓의 행동, 가짐)가 3,000가지이었다.

필자가 14~15세 때부터 왜 유학(儒學)을 불신했느냐? 하면 예의(禮義)와 위의(威儀) 때문이었다. 손과 발을 다 묶어 두어야 하는 유교의 생활에 싫증이 난 것이다. 한창 뛰어 놀아야 하는 시기에 손발을 제대로 움직일 수 없는 교육을 받았으니 이것은 정말 사람 사는 생활(生活)이 아니라고 생각했다. 그래서 유교(儒敎)만큼 자유가 없는 사상은 있을 수 없다고 생각한 것이다.

필자가 사춘기에 바라던 생활은 자유가 아니라 방종을 선망하고 있었든 것이다. 지금 생각하면 내면적으로 수신(修身)이 안 된 사람에게 예의(禮義) 의식(儀式)을 갖추게 하는 것이었던 것이다.

유학의 예의(禮義)와 위의(威儀)를 따르려면 수신(修身)이 먼저라는 것을 몰랐던 것이다.

가문의 분위기는 제례부터 집안 어른 앞에서까지 모든 행동을 예의 의식부터 배워야 했다. 수신이 안 된 자에게 예의 의식을 강조하는 것은 위선(僞善)을 배워주는 것이나 다름없었다. 현재 우리 학교교육의 도덕교육은 인성이 아니라 위선(僞善)을 교육하고 있는 것과 마찬가지이다. 우리사회가 항상 상위(上位)층 부터 문제가 된 것은 지식만 배웠고, 그 전문지식을 가지고 오히려 진실을 은폐하고 위선으로서 남을 기만하는데 사용하고 있다. 그러므로 수신(修身)을 안 하면, 인격자가 될 수 없다. 유교를 믿는 것은 불교, 기독교와 같이 현재의 사회를 외면하며 사후의 극락 및 천당을 가기 위해 믿는 것이 아니다.

책 뒷부분에서 지금의 時局과 생활경제문제가 많이 나옵니다. 사람의 삶을 논한다면 맹자가 말씀하신 무항산자 무항심 (無恒産者, 無恒心)이란 말씀과 같이 뜨뜻한 재산과 직장이 있어야 인류과 인간생명에 대한 존엄성을 행할 수 있다고 했습니다. 따라서 필자는 심지어 정치인, 국민, 언론도 혈세의 세수와 국고의 세출을 도외시 할 때부터 공기업과 지방자치단체의 재정건전성 및 국회의 예산편성(추경)까지 심도 있게 지적했습니다,

민주당이 국회의원 수 늘리기로 한 것을 필자가 비례대표제 폐지를 주장하니 패스트트랙을 거론했고, 또한, 집안의 종중회

계와 와비(臥碑)의 잘못 된 것을 소송한 것이 검경수사권의 공정성에 이르게 된 것입니다. 검경수사권 문제를 처리하다보니 국민의 높은 검찰개혁 목소리에 대통령이 검찰개혁지시에 검찰총장이 특수부 3개를 제외하고 폐지를 했다. 따라서 필자는 "검찰개혁은 국민을 위한 개혁이 아닌 권력을 위한 개혁이었다.'라고 페북에 등재했다. 이렇게 집안일부터 國家일까지 논한 것은 도덕적이고, 부정이 없고, 정당하고 형평성 있는 균등한 사회를 열어가는 것이 유교의 실학이기 때문입니다. 사서삼경 중 논어를 읽어보면 그 시대의 의식주(衣食住)부터 집안일과 향당, 국사, 또는 정전제(井田制:세금)까지 그때 현실을 다 기록 하고 논한 것입니다. 유학에서 현재 삶 자체를 제외하면 유학(실학)이라고 할 수 없습니다.유교는 현재의 시공(時空)에서 실행하는 종교입니다.

2019년 1월 20일

최 관 호

차 례

배례석(拜禮石)

필자가 통영에 거주 할 때 향교(鄕校)에 가니 대학입시 수능 계절이었다.

그때에 수험생을 둔 학부모들이 가끔 떡을 해 가져 와서 대성전에 올려놓고 절에서 부처님 앞에 정성껏 참배하듯 하는 것을 볼 수 있었다. 그래서 필자는 유학사상은 신(神)을 섬기고, 부처 앞에 불공을 드리는 것과 같은 곳이 아니라는 것을 가끔 말할 때가 있었다.

향교(鄕校)는 글자 그대로 1개의 향(鄕)은 약 2,500호이고 교(校)는 학교이다. 어디까지나 이곳은 한 고을 단위의 교육장소이지 불교의 절이나 기독교의 천주교 또는 예배당과는 다르다고 말했다.

우리나라는 고려와 조선 시대 고을 마다 향교에 문묘(文廟)를 두어 대성전에 공자님을 모시고 거기에 속한 관립(官立) 학교의 역할을 하며 또한 교궁(校宮)이라고도 불렀다.

이 이야기를 하고나니 그 후부터 그런 학부모들이 향교를 찾지 않은 분들도 있었고 향교와 거리를 두더니 차차 발걸음이 멀어지는 사람도 있었다. 그런 사람은 문묘를 절에서 부처님 앞에 참배 또는 기독교의 성당과 예배당에서 후세에 극락과 천당 가기를 비는것 같은 장소로 믿고 정성을 드리는 기도하는 장소로 여겼다.

필자도 공자님은 기독교에서 믿는 하느님의 절대적 신과 불교신자들이 절에 가서 부처님 앞에서 극락왕생을 빌어 참배하는 것과 같은 기도의 장소가 아니라는 것만 알았다.

한문학공부를 처음 하다보면 유교가 아니라 어디까지나 유학이 맞다 고 생각하게 된다. 우리나라 종교로서 행정적으로 유교로 분류 된 것은 1897년 고종이 기독교, 불교, 등 각종 종교 단체들이 들어오매 유학도 유교로서 등록했다고 한다. 그 이후부터는 종교행사나 행정적 표기도 유교로 표기되었다.

필자가 통영에서 2007년 부산으로 이사 와서 한문 강의를 처음 들으니 서자서아자아(書自書 我自我)이였다. 글은 글대로 나는 나대로 같은 분위기다. 사서삼경을 읽으면 경서(經書)와 현재 사회생활과는 완전히 분리 될 수밖에 없다. 종교 중 가장 현실적 종교라고 할 수 있는 실학(實學)이 경문(經文)과는 거리가 180도로 다르니 강사의 강의 따로 청강자들의 생활 따로 가 되어 현재 생활과 같은 실학이 될 수 없었다.

사서삼경은 쓸모없는 학문이라고 할 수 밖에 없다. 사서삼경을 보면 그 시대 정치 또는 집안의 일상생활부터 사회생활의 예절과 의절(儀節)까지 다 기록되고 논한 것이다.

2,500년 전의 가정과 사회생활이 오늘날의 도덕적 사회생활과는 너무나 다르니 쓸모없는 책이라고 생각할 수밖에 없다. 단 우리의 한글로서 사물의 뜻을 논할 때 표현이나 정확성이 잘 안 될 때 한자를 넣어 혼용해 쓰면 더 정확성을 기할 수 있다. 예를 들면 한글에서 사랑하는 사람을 표기할 때 애인이라고 하고, 대중(大衆)을 사랑하는 것도 사랑한다고 말한다.

한문의 뜻은 남녀 간에 사랑은 편애 한 것으로 애(愛)자를 표기한다. 그러나 대중을 표기할 때 사랑하는 것은 인(仁)자로 하게 된다. 한글은 다 사랑을 표기하게 됨으로 한사람만 사랑하여 편애 하는 것인지 대중을 사랑한 것과 동물을 사랑하는 것인지 구별이 안 된다. 그래서 현대에 와서도 한자를 혼용하는 것이 타당하다. 한자 공부하는 학자들은 다 그렇게 생각한다.

비도덕적 사회에 살면서 천성(天性)을 따른 유학(儒學)인 사서삼경과 같은 인성(人性:하늘에서 받은 것을 性이라함)대로 처세하다간 사회생활에서 고위층부터 관공소나 일반단체에서 항상 불이익이 따름을 면치 못하고 출세는커녕 오히려 쫓겨나지 않으면 다행이다. 그러므로 지금 부도덕한 시대에 쓸모없는 학문이 될 수밖에 없다.

필자가 한 번은 강의를 듣다가 강사가 이혼관계 말이 나와 이혼관계를 질문했다. "유학사상은 한 남편을 섬기어 일부종사(一夫終事)를 해야 한다는 것을 알고 있습니다. 현재 우리사회는 재혼 삼혼을 하는 사회입니다. 현대에도 유교의 일부종사가 맞는 사상입니까?" 하고 질문을 했다.

강의실이 웃음바다가 되며 말 안 되는 질문은 하지 말라고 하고, 강의실을 뛰쳐나가는 사람도 있었다. 다시 필자가 말했다. "공자님도 이혼을 하고 증자도 이혼을 했다"고 하니 듣던 사람들이 눈이 휘둥그렇게 되어 나를 쳐다 보았다. "그것이 무슨 말이냐?"고 반문했다. 조선시대에 하물며 사문난적까지 행한 학자들이 이 기록이 있는 것을 숨기기 위해 옛날 서당에서 사마천의 사기를 못 읽게 했다고 했다. 유교가 우리사회와 괴리가 그렇게 크니 믿을 사람이 있을 수 없다.

필자가 강사들을 보고 우리 사회생활과 뗄 수 없는 합리적인 실학(實學)이론을 가지고 강의 해 주시기를 몇 번 부탁했으나 어떤 강사는 그런 강의는 있을 수 없다고 하는 강사도 있었으나 요즘은 많이 달라지고 있다.

유학이 일제 강점기로부터 8, 15해방 이후 국민들에게 외면 당하게 된 것은 양반 상놈이라는 2원화 된 신분관계에 있은 것과 이 신분관계가 민주화되는 과정에서 사회생활에 갈등을 일으키게 되었다. 또한 상명하복이라는 제도가 민주화에 역행됨으로 지금사회에 맞지 않는 생활이라고 생각했다.

특히 남녀평등권 관계를 오도해 남존여비 사상이라고 했으므로 유교를 더욱 배척하게 된 것이다. 일제강점기에도 신분이 낮았던 사람들은 조선이 일본에게 경제적으로 떨어져 지배를 당하게 된 것이 유교 때문이라고 알고 있었다. 이로 말미야마 유교가 나라를 망하게 했다는 것이 상식화 되었다.

이상의 사안들을 살펴보면, 첫째는 남존여비의 성차별 사상이다. 공자(孔子)님의 원론적인 사상인 경서(經書)는 논어(論語)이다. 이 논어를 가지고 우리나라는 500년을 생활의 지주를 삼아왔다. 선비들이 평생 사서삼경 한 가지사상의 공부에 매달렸던 것은 과거(科擧)시험 중 50~60%는 이 논어에서 출제되고 있었던 까닭이다.

직업이라고는 사농공상뿐이었던 시대에 출셋길은 이 과거시험에 매달릴 수밖에 없었다. 현대와 같이 1천 가지 이상 직업이 있는 시대와는 비교할 수 없었다.

논어의 언어와 사상은 공자님 경서 사상 중 절대적인 것이다. 그로 인해 유교사상인 우리글과 말 중에도 현재까지 많이 통용되고 있다.

논어의 공야장 5편(公冶長 五篇) 1장, 첫머리에 보면 자위공야장, 가처야, 수재누설지중, 비기죄야, 이기자처지 (子謂公冶長하사되 可妻也로라 雖在 縷絏之中이나 非其罪也라하시고 以其子妻之)하시다. 공자님이 공야장(공자제자)을 평하시기를 "사위 삼을 만하다. 비록 포승에 묶여 옥중에 있었으나 그의 죄가 아니었다." 하시고 자신의 자식을 그에게 시집보내셨다.

이상의 문장 끝에 "자식을 시집보내시다"라고 하셨다. 요즘이면 자식이 아니라 딸을 시집보낸다고 표기해야 할 것이다.

8·15해방 이후 남녀 성차별을 부르짖었지만 우리는 2008년부터 행정에서 딸을 아들과 같이 자(子)라고 표기 했다. 2,500년 전에 이미 아들딸을 구별하지 않고 모두 자식으로 표기한 공자

님이셨다. 현재 호적을 떼어보면 아들, 딸이 다 자식 자(子)로 표기 되어 있다. 논어에서는 계집녀(女)자를 자식, 너, 시집간 여인을 부인이라고 기록되어 쓰이고 있다. 유학이 조선에 전해 오면서 500년의 통치의 사표가 되면서 여성신분을 잘 못 해 성 차별로 변형시켜 놓았던 것이다.

둘째는 신분이 양반 상놈으로 2원화가 되어 있다는 것이다.

유교사상의 근본은 자신부터 수신(修身)을 해서 가정, 이웃, 사회로 미치는 것이 기본사상이다. 이 수신(修身)이 유학의 본 분이요 사상이다. 사서삼경은 수신(修身)을 해석하면서 어떤 것 이 수신이고, 수신하는 방법부터 세분화 해 기록되어 있어 수신 하는 지식을 실천하는 교과서이다. 기독교와 불교처럼 절대적 신(神)인 하느님과 부처님에 대한 설명과 극락을 갈 수 있는 성 경과 불경에는 주문(呪文)에서 해명 해 놓은 것이 없고, 무조건 예수와 부처님만 믿으라는 것이다.

사서삼경을 다 통달하려면 평생을 공부해도 수신(修身)을 하 는 데는 부족하다. 그러니 항상 수신을 생활화하려는 사람을 선 비라고 한다.

대학장구 一章에는 자천자, 이지어서인, 일시개이 수신위본 (自天子로 以至於庶人히 壹是皆以 修身爲本)이니라 천자(天子)

로부터 서인(庶人)에 이르기까지 일체 모두 수신(修身)을 근본으로 삼는다.

수신이 그렇게 어려우니 맹자 진심장구(盡心章句)상(上) 5편에 행지이불저언, 습지이불찰언, 종신유지불이기도자중야, (行之而不著焉하며 習矣而不察焉이라 終身由之而不知其道者衆也)나라! 행하면서도 밝게 알지 못하고 익히면서도 살피지 못한다. 종신토록행하면서도 그 도(道)를 모르는 자가 많은 것이다. 라고 했다.

수신을 알고 행하는 사람은 군주(君主)건 제후(諸侯)건 백성에게 차별화를 할 수 없다. 유교의 사상은 천도인 주역(周易)에서 나온 것이다. 주역 태괘(周易 泰卦)를 보면 하늘인 건괘(乾卦)가 아래에 있고 땅의 곤괘(坤卦)가 위에 있다. (태극기의 건곤(乾坤) 괘와 같으나 곤괘가 위에 있음) 하늘이 땅을 떠받들고 있는 현상이다. 유교에서 모든 각 사회단체 뿐 아니라 가정까지 편안한 형상을 이 태괘(泰卦)와 같은 형상이 유교의 본분을 말한다. 태괘를 풀이하면 지휘자가 백성을 업고 있는 형상이다. 직위가 군주건 제후신분이건 가장이건 이것이 유교의 근본사상이니 차별화가 될 수 없다.

그러니 군주부터 가정에서 까지 모든 리더가 아랫사람을 살

피고 떠받들고 있을 때 사회와 가정이 편안하다는 태괘의 뜻이다. 따라서 남존여비 사상이 있을 수 없으며 신분의 2원화를 해 상하를 차별화한 선비는 진짜 선비가 아니고 사서삼경을 거꾸로 읽은 것이다.

수신을 아는 지식(智識)만 있고 실천을 안 하면 인격자가 될 수 없으니 선비가 될 수 없다. 우리는 사람의 본분을 두고 조선 시대에 이렇게 유학을 위선(僞善)으로 경서(經書)를 오도 해 왔다. 유교는 하늘이 명한 것을 따르는 것이 도(道)라고 한다.

셋째는 한자의 너무 어려움이다.

예를 들면 장수장(將)자를 자전을 찾아보면 뜻이 24가지가 있다. 다음에 뜻이 많은 것은 만족할 염(厭)자이며. 싫을 염이라고 도 한다. 뜻이 23가지다. 한자의 음은 평균 2~3가지 이상이고, 뜻은 3~4개부터 평균 13~15개 이상이 된다. 과거(過去) 옥편 은 35,000자라고 알고 있으나 요즘 일본에서 발행 한 것이 80,000자의 자전이 있다. 그리고 사서삼경을 토 없이 진서(眞 書)를 읽는 사람을 나의 주위에서 찾아보기 어렵다. 사서삼경 가운데도 1개의 문장 구절을 가지고 공자 이후 제자들의 해석 이 한두 가지가 아니다. 주자(朱子)해석과 정명도 해석과 정이

천해석이 각각 다른 것처럼 경서를 보면 이와 같은 것이 부지기수다.

유학은 글자 음과 뜻이 많아 평생을 공부해도 해석이 잘 안 되는 문장이 많다. 사서삼경을 읽어서 수신(修身)의 깨달음에 이르러 스스로 실천하기가 쉽지 않다. 그래서 일반인은 수신과는 거리가 자연히 멀어지게 되었다. 조선 500년을 내려오면서 의식(儀式)만 남아있고 실행하는 내면의 수신의 뜻을 모르니 예의(禮儀)가 위선(僞善)이 되어 형식만 내려올 수밖에 없다.

따라서 학자들이 유학이라고 하고 종교로서 분류할 수 없는데 일익을 했다. 유교가 변형된 하나의 지식에 지나지 않게 되었다. 실천에 이어지지 않으니 반(反) 종교사상으로 분리 되었으며 국민의 외면을 받게 된 것이다.

1985년부터 2005년도 통계청이 종교 인구의 조사한 통계를 보면 불교, 개신교, 천주교, 천도교, 원불교 등 한국의 모든 종교의 신자수가 늘고 있는데, 유독 유교만 신자 수가 483,366명에서 104,575명으로 78.4%가 줄었다. 이것은 공자사상의 진실 된 이론의 실천을 따르지 못하고 현재도 위선만 행해 내려 왔기 때문이다.

어느 향교에나 향교에 가면 입구에 배례석(拜禮石)과 하마비(下馬碑)란 푯말의 돌이 있다. 하마비는 지위고하를 막론하고 말을 세우고 내려서 걸어서 들어가는 곳이고 배례석은 출입자들이 들어가면서 대성전을 향해 절을 하는 곳이다. 필자가 통영에서 처음 향교에 갈 때부터 공자님은 신이 아니시기 때문에 절을 할 필요가 없다, 고 생각하고 배례(拜禮)를 하지 않았다.

부산에 처음 왔어도 배례를 하지 않았다.

그 뒤에 향교는 공부하는 곳이니 공부할 방법을 찾았다. 그래서 성균관 유교신문에 기고문을 먼저 싣고 간부들에게 향교는 어디까지나 사서삼경을 공부하는 곳이니 공부를 해야 한다고 했다.

2009. 7. 28 이명박 대통령과 교육과학기술부 장관에게 글을 올려 학생들의 도덕적이고 사회봉사를 하는 교육은 유교의 성리학에 중점을 두어야 한다는 글을 올렸다. 아무리 인성교육을 한다고 학교에서 전철역 길안내와 공원 청소 등 사회봉사를 하고 관할 소속에 확인서를 받아 제출하는 것은 어디까지나 하나의 점수를 올리기 위한 궁여지책에 불가한 것이다. 마음속에 남을 위할 수 있는 수신이 아니면 위선에 지나지 않는다고 성리학

의 도덕교육을 채택해 줄 것을 요청했다. 교육과기부장관의 답장은 성리학 내용을 앞으로 윤리사상 과목에 다루어 질 수 있을 것이라고 했다. 그 답장을 재단 이사장에게 주었더니 요즘 그것을 공부해 어디에 쓸 것인가? 하고 핀 찬을 주며 문서를 던지는 것이다. 그때만 해도 동래향교에서는 향교산하 동인고등학생들의 인성교육으로 선진지 견학이라는 명목으로 1년에 봄가을 양철, 학생들을 데리고 성균관에 가서 관람만하고 오는 것이 고작이었다. 이것이 인성교육의 전부였다.

그로인해 당시 전교로 있던 박희찬씨가 향교에 교수들을 초청해 사서삼경 강의를 시작한 것이 오늘날 동래향교의 성리학 공부이다.

필자는 무엇보다도 사회의 직위고하를 막론하고 비도덕적인 사회를 인성의 근본사회로 가는 길은 사서삼경의 수신을 공부하는 것이라고 믿고 향교에 인성교육으로 성리학을 공부하자고 제안한 것이다.

필자도 성리학을 읽으면서 수신에 대해 공부하면서 중용을 3~4독을 하면서 수신이 가장중요하다는 것을 알게 되었다.

사서삼경은 말 그대로 수신제가치국평천하(修身齊家 治國平天下)이다. 자신의 심신을 닦고 집을 간조람 하게하고 나라를 다스려 천하를 편안하게 하는 사상이다.

한문학공부를 하는 사람은 이상의 글귀를 모르는 사람이 없을 것이다. 그러나 수신을 어떻게 해야 하는 것인지 방법이 어떤 것인지 아는 사람은 드물다. 사서삼경을 다 읽어야 대략 알 수 있다. 사서삼경의 글을 다 해석한다는 것은 불가능한 일에 가깝다.

논어 술이 제7편 32장에 자왈 문막오유인야, 궁행군자, 즉오미지유득호, (子曰 文莫吾猶人也아 窮行君子는 則吾未之有得乎)라! 고 하셨다. 공자께서 말씀하셨다. 문은 내 남과 같지 않겠는가? 군자의 도를 몸소 행함은 내 아직 얻음이 있지 못하다. 고 하셨다. 공자도 자기 자신 군자의 수신에 대해 의문사를 남겼다.

지금은 필자가 향교에 들어가면서 반드시 배례석에 가서 배례부터 먼저 하고 들어간다. 불교신자, 기독교신자가 부처와 예수 앞에서 참배하듯이 한다. 그 뜻은 오늘 역시 찰나도 사물에 사역 되어 수신의 도(道)에서 벗어나지 말 것을 맹세하는 것과 마찬가지다. 사회생활을 하다보면 사물 속에서 수신을 벗어날 때면 향교에 가서 배례를 하기 위해 가는 때도 있다.

불교의 스님은 산문(山門) 안에 완전히 사회생활과 단절 된

곳에서 면벽(面壁)하며 좌선으로 생활하여 사물의 번뇌에서 벗어나 열반의 경지에 들어가기는 쉽다.

기독교의 신부와 목사는 오직 예수만 믿으므로 신의 경지에 처해 다른 사물을 잊을 수 있다. 그러나 유교는 사회생활의 사물 속에서 생활하며 수신(修身)의 도를 지킬 수 있다는 것이 불교나 기독교를 믿기보다 더 어렵다는 것을 알 수 있다. 항상 향교에 강의가 있지만 강의를 듣고 사서삼경을 이해하기보다 필자는 수신의 중용을 잊지 않기 위해 향교에 간다. 중용강의가 있는 날은 거의 결강이 없다. 사서삼경을 배우려면 요즘은 논어(論語)만 해도 시중에 40여 가지가 발행되어 있으므로 집에서 얼마든지 공부 할 수 있다. 자성불(自性佛)이 불교가 지향(志向)하는 목표다. 자성본불(自性本佛:본래부터 갖추어 있는 불성) 이라고 해서 이다. 부처를 믿는 것이 아니라본래부터 자기에게 있는 불성(佛性)으로 돌아가기 위한 것이다. 자성불만 본다면 유교의 인(仁)에 의한 수신과 유사한 점이 있다. 그래서 주자께서도 불교에 가까운 문장을 가끔 사용할 때가 있지 않았나 생각된다. 따라서 유교가 아니라 유학이란 것은 논리에 맞지 않는다.

필자는 사서삼경을 공부하는 과정을 유학이라 칭(稱)하는 것이 맞다 고 생각한다. 이 배우는 과정을 지나 수신(修身)의 경지에 들어가려고 하는 것을 유교(儒敎)라고 칭한다. 사물 속에서 수신으로 응하면서 생활함으로 배례석에 배례를 하게 된 날부터 유학이 아닌 유교(儒敎)라고 믿고 있다.

2018년 12월 12일

숭조사상이란?

명절이 가까워오면 제수(祭需) 이야기가 언론에 자주 오르내린다. "제사를 왜 모시느냐? 고 물으면 사서삼경을 다 읽은 유학자들도 인성(人性)의 근본으로서 예절에 의한 것이라고 했고, 현대인이 알아들을 수 있게 설명해주는 학자가 없다. 그러니 혼령인 신(神)이 오시기 때문 인지 조상들이 전래해 오는 인습에 위한 것인지? 제사의식을 행하면서도 아는 자를 만나기 어렵다.

우리는 유교사상에 의한 조상숭배를 하는 민족이었다. 요즘은 유학사상이 아닌 타 종교에서도 조상숭배 의식(儀式)인 제사를 모시는 자가 있다. 심지어 하느님 외 다른 신을 일체 믿지 않은 종교에서까지 추도식이라는 미명하에 제사 의식을 하는 자도 있다. 제사의 조상숭배는 인간생명 본분의 지극한 존중이 전제되지 않는 한, 위선의식(僞善儀式)에 지나지 않는다. 이 숭고한 생명존중을 다 한 지극함이 사후까지 이어진 것이 숭조사상이다.

짐승인 소, 개도 병들어 죽거나 팔러 가면 며칠을 먹지 않고 어미는 새끼를 찾고, 새끼는 어미를 서로 찾아 밤낮으로 운다. 하물며 인간이면서 부모, 자식 간에 따뜻한 인간관계의 도리가 있었다면 돌아가신 날을 잊지 못한다.

이 타고난 선심(善心)의 천성인 본분을 지녔지만, 일상생활 속에서 사물을 벗어나 살 수 없다. 이것은 물고기가 물을 벗어나 살 수 없는 것과 마찬가지다. 사물 속에서 일상생활을 하다 보면 자연적으로 물욕에 의해 인간 본성을 잃게 되는 때가 많다. 사물에 대한 물욕의 일상과 타고난 천성인 인간 본성 사이에 올바로 행할 수 있는 것을 도(道)라고 했다. 인간의 도리를 다하는 조상숭배는 부모·자식으로부터 이웃과 사회에 미치는 최고의 덕목이요, 인간존엄성의 사랑을 사후까지 이어간 의식이 된다.

논어(論語) 선진편(先進篇) 11장에 "계로문사귀신, 자왈 미능사인, 언능사귀, (季路問事鬼神한대 子曰 未能事人인데 焉能事

鬼)리오"라고 하셨다. "계로(季路)가 공자님에게 귀신 섬기는 것을 물으니 공자님께서 대답하시기를 사람도 잘 섬기지 못하면서 귀신을 어떻게 섬기느냐? 이 글에서 정자(程子)의 주석(註釋)에는 문사귀신, 개구소이, 봉제사지의, (問事鬼神은 蓋求所以 奉祭祀之意)'이라고 하셨다. '귀신섬기는 것은 제사를 받드는 뜻을 구하는 것이라고 하셨다. 그러나 비성경족이사인 ,즉필불능사신 (非誠敬足以事人이면 則必不能事神)"이라고 하셨다. "정성과 공경으로 사람을 섬길 수 있는 자가 아니면, 반드시 귀신을 섬기지 못한다. 인간 본분의 진실성 없이 위선적 의식(儀式)만 해서는 안 된다고 한 것이다. 이는 맹자의 말씀을 예로 들면 공손추 상(孔孫丑 上) 2장에 '호연지기(浩然之氣)역량이 안 된 자가 억지로 되는 체하는 것은 마치 자라지도 못한 벼 이삭을 빨리 자라게 한다고 뽑아 올려 키를 크게 해 말라 죽게 한 송나라 고사와 같다.' 고 한 것과 같다. 예(禮)에 대한 의식(儀式)도 인간의 윤리적 존엄성에 대한 역량을 제대로 갖추지 못한 사람이 외면적으로 인격자처럼 하면, 이와 같은 위선이 자신은 물론 가문, 직장, 사회에 피해를 준다. 요즘 지식이 많은 상위 층이 항상 문제를 일으키는 것은 잘 먹어서 얼굴은 번듯하나 속내는 인간생명의 본성인 존엄성에 대한 기본적 도리의 역량을 갖추지 못했기 때문이다.

인간 본분인 제사만큼 생명 존엄성에 대한 의식은 없다. 이러한 지극한 정성이 모여서 선조들의 제례의식(儀式)을 위해 자연적으로 가문의 재산을 모으게 된 것이다. 그런 재산을 후손들이 간혹 문중의 부동산, 또는 선대묘역 정화사업을 빌미로 본분을 잊고 사욕을 취해 종족끼리 법정까지 가는 일이 많다. 이런 자는 인간 본분의 도리를 행하지 않고, 조상에 대한 위선(僞善)적 의식(儀式)만 해 온 자들이다. 이런 사람은 대개 부모를 독거노인으로 버려두고 외면한 자이거나 자식과 형제의 도리를 제대로 지키지 못한 자가 많다.

그러나 맹자도 이식부족즉불가치예의, (衣食不足則不暇治禮儀)'라고 하셨다. '먹을 것이 없고 입을 것이 없다면 예의를 다스릴 여가가(계를)없다. 고 하셨다. 요즘은 밥 굶고 옷 헐벗는 사람은 없다. 이런 자는 부모에 대한 도리와 인간 생명의 존귀함은 없고 물질의 사욕만 눈에 차있을 뿐이다. 천륜(天倫)과 인간 본분을 제대로 아는 자라면 조상의 정성으로 모이게 된 가문의 재산을 부정한 방법으로 단 10원이라도 취하지 않을 것이며, 법 앞에 서는 일이 없을 것이다.

2016년 9월 5일

생명존엄성인 제사

우리 전주최씨가 경남고성에 들어온 것은 487년 전이었다.

487년 전 10대이신 담(潭)자 되시는 할아버지께서 함안에서 점필재(佔畢齋) 선생문하생으로 계시다가 고성으로 이사를 오셨다. 12대 되시는 균(均) 강(堈) 두 형제 할아버지께서는 임진왜란에 참전하시어 선무원정공신록에 1등공신과 3등공신이 되어있다. 12대 강(堈)자 할아버지께서는 경상좌수사까지 지내시었다.

필자는 통영에서 부산 오기 전에는 우리집안의 족부를 믿지 않았다. 필자가 부산으로 이사를 해 부산향교에 이적 하게 되면서 고성에서 전주최씨가 양반이라 칭하는 원인을 알기 위해 당시 동래향교 전교(典教)에게 부탁해 규장각에 있는 선무원정공신록을 구입 해줄 것을 의뢰했다. 그 공신 록을 구해 확인한 결과 12대 균(均) 강(塒) 형제 할아버지께서 임난 공신이시며 강(塒)자 할아버지께서는 경상좌수사를 역임하시고 오위도총부 부총관(五衛都摠府副摠管)장이되셨다. 강해군의 국정혼란에 직언(直言)한 것이 거슬려 교동별장에 보임됨으로 사표를 내었음을 확인했다. 그 뒤부터 고성의 전주최씨가 양반이라고 말할 수 있었다.

당시의 삼도수군통제사이신 재령이씨 식성군 이운용 장군과는 아주 절친한 사이였다. 공신록 및 이운용 장군 진중일기에 보면 치보(馳報; 급보)가 상호간에 19번이나 오갔으며, 또한 술자리까지 기록 되어있다. 그 친교로 인해 재령이씨가 우리고성 전주 최씨와 혼인이 윗대부터 후대에 이르기까지 많았다.

우리집안이 고성군 구만면 주평리에 거주한 것은 250년 전이었다. 집안 7대 종손이신 재종조부가 지관(地官)이신데 구한말 왜놈들이 쳐들어온다는 풍설에 의해 십승지지(十勝之地)를 찾아 가신 곳이 무주구천동 까지 이사를 하게 되었다. 그때만 해도 도로(道路)가 없으니 자동차는 꿈도 못 꾸던 시대여서 괴나리봇짐을 지고 걸어서 무주구천동까지 가는 수밖에 없었다.

재종조부형제들은 농번기를 피해 겨울철 제사만 참석했다. 경남고성의 갯가에서 도미, 조기, 가자미 등 바다고기를 사서 간을 해 무주구천동까지 제수(祭需)고기를 가져가셨다고 한다. 짚신을 여러 켤레 봇짐에 지고 요즘 도로처럼 길도 좋지 않은 산길 들길을 겨울철 눈길에 약 10여일을 걸어가야 했다는 것이다.

그 시대는 내륙지방에 고기가 없었으니 고성에서 가져간 바다고기를 다시 소금 독에 묻어 놓고, 여름철 제사까지 제수(祭需)고기로만 (제수에 민물 비늘 없는 고기는 쓰지 안함) 사용했다고 한다. 그러니 고기가 아니라 소금 덩어리였다.

냉장고가 없던 시대여서 그렇게 안 하면 1년을 보관할 수 없었다. 제사를 모신 후 제수 음식을 이웃집에 나누어 먹는 풍습이 있는 시대였다.

다음 날 이웃집에서 손님이 오면 고기를 아주 잘게 토막을 내어 손님대접을 하면 1년간 소금 독에 절인 고기라 짜서 다 먹는 사람이 없다고 한다. 그러면 다음 오신 손님에게 뒤집어 상에 올려 다시 접대를 했다는 것이다.

그 후 일제 강점기에부터 재종조부들께서는 무주까지 제사를 모시러 가지 않고 고향 고성에서 제사를 따로 모시게 되어 양쪽에서 제례를 모셨다고 한다.

이렇게 제사를 모시는 것은 기독교, 불교에서 천당과 부처 앞에서 극락왕생을 기도하는 것보다도 더 지극한 종교 이상의 정성이 들었다.

"그렇게 힘들게 제사를 왜! 모셨느냐?" 고 종조부님께 물으면 그렇게 제사를 모시는 것이 예법(당시 예(禮)는 법으로 통하였음) 이라고 말씀하셨다. 일반 국민은 물론 유학(儒學)을 전공한 학자들도 여기에 대한 명쾌한 논리적인 답변을 들어보기 어렵다. 제사는 바로 유교자체의 전부였다. 아무리 가난하고 굶주려도 제사모실 쌀은 별도로 보관하는 것이 유교의 전통인 예법이었다.

요즘 제사를 모시는 나이 많은 70~80대 이상 어른들에게 물으면, 답변은 조상숭배를 거론하고, 집안사람들이 한자리에 모여 제사를 모시면 친척이 화합하게 되고 더 가까워진다고 하는 사람도 있다.

그러나 신세대들은 오히려 제수 준비와 손님 접대 때문에 스트레스와 갈등으로 인해 병원 신세를 지는 일이 많다고 한다. 제사의 주체인 신(神)의 유무와 실체가 무엇인지에 대한 명확한 답변을 들어보기 어렵다.

따라서 제사 문화의 의식이 많이 쇠퇴 됐지만, 아직 동양 유교사상의 나라 중 우리나라처럼 제사를 철저히 모시는 나라도 없었다.

중국은 유교사상의 발원지이지만 현재는 옛날 도교(道敎)의 발생지역에서 변형된 불교 의식과 유사한 형태로서 제사를 모시는 절차가 남아 있다.

일본도 지역에 따라 유사한 의식이 남아있다. 우리나라는 유교가 아닌 심지어 불교, 기독교와 같은 타 종교에서도 의식은 다르지만 제사를 모시는 사람이 있다.

그러나 왜 모셔야하는지 합리적인 이론을 가진 사람을 만나보기 어렵다. 조상숭배의 인습으로서 선조들은 제사를 각 가문마다 가례집(家禮集)까지 만들어 의식(儀式)화 해 온 것이다.

원론적인 정서에서 보면 사람이 아닌 동물인 소, 개도 새끼나 어미가 팔려가거나 죽어서 서로 떨어지게 되면 찾아서 울고, 먹지도 않는다. 사람도 어릴 때 순수한 인성(人性)의 마음은 그런 사항(事項)을 보면, 눈물을 흘리고 안타까워한다.

그런데 하물며 자기 부모가 아프거나 죽게 되면 인간 본심을 가진 자는 슬퍼하지 않을 수 없다. 성장하면서 모든 외물에 사역(使役)되어 순수한 인성(人性)인 본심의 감정마저 잃게 된 것이 현대인이다.

정신적으로 확고한 천성의 신념사상을 가지지 않으면 본심인 선심이 사물에 의해 흐려지게 된다. 그리고 성장하면서 물질만능주의에 동화되어 인간 본성을 잃고 물질적인 재산문제로 타인은 물론 심지어 부모, 형제간에도 싸우기도 한다.

때로는 최악의 극한상태까지 되어 사회적 최대보류인 법 앞에까지 가게 되는 일이 많다. 이러한 행동을 하는 사람은 제사의 신위(神位) 앞에 설 자격이 없는 것이다.

유교에서 제사가 거론된 것을 보면, 공자제자 안연(顔淵)이 죽은 후에자로가 물었다. "계로문사귀신, 미능사인, 언능사귀, (季路問事鬼神한데 未能事人인데 焉能事鬼)리오" 라고, 하셨다. 계로(자로)가 공자님에게 귀신 섬기는 것을 물었다. 공자님께서 대답하시기를 "사람도 잘 섬기지 못하면서 어떻게 귀신을 섬기겠는가?" 또한 "감문사, 미지생, 언지사, (敢問死하노이다 未知生인데 焉知死)리오 감히 죽음에 대해 묻습니다."라고 하자 "삶을 모르면서 어떻게 죽음을 알겠는가?" 라고 하셨다.

여기에 공자와 자로의 문답을 보면 제사를 왜 모셔야 하는지 잘 알 수 있으며 또한, 귀신이 무엇인지도 잘 알 수 있다.

윗글의 주석(註釋)에서는 문사귀신(問事鬼神)은 '제사를 모시는 뜻을 구하는 것' 이라고 했다. 이 말을 해석하면 제사는 귀신을 섬기는 의식이고. 또한 조상들의 혼령을 모시는 것이다.

위대한(군자, 영웅) 사람들의 굳은 의지의 영혼은 후세에까지 남아 많은 사람들의 가슴 속에 지주(支柱) 가된다. 따라서 위대한 사람들의 출생, 사망일에 의식(儀式)을 가지게 된다.

일반 중인(衆人) 혼영의 자애로운 사랑은 후손들 가슴 속에 남아 제사로 추모하게 된다. "비성경족이사인, 즉필불능사신" (非成敬足以事人이면 則必不能事神)이라 정성과 공경으로 사람을 섬길 수 있는 자가 아니면, 반드시 귀신을 섬기지 못한다." 고 했다.

정자(程子)의 주석에는 '진사인지도, 즉진사귀지도' (盡事人之道면 則盡事鬼之道)라 사람 섬기는 도리를 다하면, 귀신 섬기는 도리를 다한다고 했다. 이 글을 읽고도 강의하는 학자들이 귀신(鬼神)과 제사가 무엇인지에 대해 서자서아자아 (書自書我自我)다. 글은 글대로 나는 나대 로를 설명을 잘 못 하는 학자가 많다.

바꾸어 말하면 생명의 존엄성을 잘 알지 못하고 사람 섬기기를 다하지 않으면, 귀신을 잘 섬길 수 없다는 것이다. 또한, 사생인귀, 일이이, 이이일자야(死生人鬼가 一而二요 二而一者也)라 죽음과 삶은 하나이면서 둘이고, 둘이면서 하나라고 했다. 제사는 생명의 존엄성을 존중하기 위한 하나의 수단이다. 이 문장을 해석해 보면 현재 우리들의 제사 의식은 주객이 전도된 하나의 의식에 지나지 않는다. 인간존엄성의 위대한 본래의 뜻은 없고, 제사의 형식만 가지고 왈가왈부하며 500년을 다투어 왔던 것이다. 생전에 부모님께 도리를 다한 사람만이 제사의 신위(神位) 앞에 설 자격이 있다.

의식(儀式)행사 의주로만 할 것이 아니라 먼저 인성으로 돌아가 인간 생명의 존엄성과 도리를 다할 수 있는 자가 되는 유교를 음미해 본다.

2011년 1월 24일

생사가 하나인 제사

우리는 명절 또는 선조의 기일에 조상숭배를 위해 차례를 묘시는 민족이다. 제사는 유교 의식이지만, 지금은 타종교에서도 의식(儀式) 절차는 각각 달라도 모시는 사람이 있다.

조선 시대 500년간을 유학에 의해 명절 또는 기제사를 유교의 가장 큰 문화 행사와 같이 거행해 온 생활의 일부분이 되어 왔다. 그러나 일반 국민은 물론 유학(儒學)자들마저도 제사에 대한 명확한 이론(理論)을 가지고 있는 학자를 찾아보기 어렵다.

제사는 인본주의에 따라 인간 존엄성을 사후에 까지 연결한 것이지 다른 뜻을 논할 수 없다.

살아계실 때 잘 모시지 못하면서 돌아가신 후 제례의식행사만 잘한다는 것은 이치에도 맞지 않고, 윤리적 근본의 뜻과도 상이하다.

인간관계가 잘 형성되지 않고, 제사 의식만 잘하는 것은 진실된 인간의 도리가 될 수 없고, 위선(僞善)에 지나지 않는다.

부자자효(父慈子孝)관계가 아닌 불편한 관계였다면 사후에 제사 의식이 잘 행해질 수 없다.

어느 유학자에게 물어봐도 공자님 사상은 인본주의임에 이의(異議)를 제기할 사람은 없을 것이다. 의식(儀式)만 잘하는 것은 생자(生者)와 사자(死者))를 이원화해 제사만 잘 모시면 복을 받을 수 있다는 생각만을 하는 것은 미신을 믿는 것과 같다. 우리는 어른들에게 조상을 잘 모셔야 복을 받을 수 있다는 말씀을 많이 들어왔다.

근거 없는 말은 아니다. "인간생명의 존엄성에 의해 자기 부모부터 남들에 이르기까지 공경히 잘 대하면, 덕(德)이 있는 사람이 될 수 있기 때문이다." 반드시 덕이 있는 사람은 복을 받게 되어 있다.

70년대 이전만 해도 우리 사회 정서상 타 종교를 믿지 않고, 제사를 모시지 않는다면 사람대접을 받기 어려웠다. 이 풍속이 버릴 수 없는 인습이 되어 오늘까지 내려오는 것이다.

한 시대를 생자(生者)부터 사자(死者)까지 상례, 제례 의식절차를 가지고 시시비비를 가리기 위해 나라부터 각 문중까지 불화와 심지어 목숨까지 버린 일이 비일비재(非一非再)했다.

그러나 과연 살아계실 때 거기에 상응한 생명 존엄성에 대한 효경(孝敬)을 몸소 실천했는지 의문이다. 여기에 대해 신격화(神格化)된 과잉의식만 남고 윤리적 부여된 도리의 실천이 따르지 못할 때는 많은 문화적 에너지 손실은 물론 경제적 손실도 이어진다.

때에 따라서는 국가의 흥망이 좌우될 수도 있다.

지금 종교인구 총24,723,430명 중 유교는 104,575명이니 0,42%밖에 안 된다. 개신교는 추도식, 불교는 절에서 합동 차례, 또는 집에서 유교의식으로 모신다. 아직 추석, 설 명절의 차례를 모시는 통계가 정확히 나온 것이 없다. 양 명절에는 재래시장의 제수(祭需) 용품이 60~70%, 대형마트에는 50% 이상 매출이 늘어난다고 한다.

이것은 차례를 지내는 가구 수를 말해주는 것과 같다. 유교 인구가 상대적으로 작지만 한 시대에 조상숭배를 신격화와 같이 추앙해 왔기 때문에 그 정서에 의해 타 종교를 믿고도 제사를 모시는 것이다. 의식(儀式)은 달라도 조상숭배의 인습은 이어지고 있다는 것을 볼 수 있다. 기독교에서는 제사를 우상숭배라 해서 한때 모시는 가정이 적었다.

그러나 요즘은 보편화 되어 명절을 앞두고 불교, 천주교에서 의식은 달라도 모시는 절차의 강의까지 한다고 한다. 또한 학교에서도 추석과 설 명절에 인성 예절교육의 일환으로 가르치고 있다.

그것은 하나의 외형적 의식행사에 지나지 않고, 자기 자신 인륜적 부여된 의무감을 깨닫기까지는 너무나 요원하다. 하물며 선비들도 평생을 사서삼경(四書三經)을 다 읽고도 제례 의식을 신격화해 인간생명 존엄성을 사자(死者)와 분리해 절대적 신으로 생각한 자가 많았다.

지금 윤리도덕이 무너진 이때 학생들에게 외형적 의식행사를 가르치는 것은 주객이 전도 된 것이다. 2019년 설을 맞이하면서 신세대 주부들로부터 제사 폐지론과 추석, 설 양 명절 및 음력, 양력과세를 합치자는 말까지 등장하고 있다. 물론 음력 양력을 합쳐 양력과세를 한 것은 한두 번이 아니다. 일제 강점기에도 그렇게 했고 유신시대도 양력단일과세를 했다. 그러나 우리고유의 명절을 찾는다는 명분하에 구정을 다시 쇠게 되었다.

자기 자신 인륜적 부여된 의무감을 깨닫고 여기에 충실하면

의식(儀式)은 자연적으로 될 수 있기 때문이다.

생전에 부모님께 도리를 다한 사람만이 제사의 신위(神位) 앞에 설 자격이 있다. 의식(儀式)행사 의주로만 할 것이 아니라 먼저 인성(人性)의 본심으로 돌아가 인간 생명의 존엄성과 도리를 다할 수 있는 자가 되기를 음미해 본다.

인간생명존엄성이 먼저이므로 이를 이행하면 전통예절은 스스로 행해 질 수 있다.

顯考學生府君神位 (현고학생부군신위)

명절제사나 기제사에 언제나 현고학생부군신위(顯考學生府君神位)라는 지방의 글귀를 대하게 된다. 그러나 제사상 앞에서 간혹 집안에 젊은 사람들에게 이런 질문을 받을 때가 있었을 것이다. "현고학생부군신위란 무슨 뜻입니까?" 하고 문의해 오면, 대개 불완전한 해석이었고 명쾌한 대답을 해 주는 사람은 드물 것이다. 필자도 한번 서울 부친제사에 가면서 다시 생각해 보았다. 제일 앞에 현(顯)'자는 높을 현자로 사용하지만 '나타날 현자'라고도 하니 혹시 신위(神位)(귀신이 나타남)과 연관되어 있지 않나 하는 생각을 해 보았다. 그러나 사망한 동생의 제사지방에 '나타날 현(顯)자'를 쓰지 않고 바로 망제(亡弟)○○신위(神位)

라고 쓰는 것을 보면 나타난다는 의미가 아닌 높을 현(顯): (詩經, 顯顯令德: 밝은 선한 덕) 자인 듯도 하다. 그 다음이 학생이란 단어다. 왜 학생이란 단어를 사용했을까? 벼슬을 한 사람은 '벼슬이름을 쓰지만, 벼슬을 못 한 사람들은 다 학생이라고 했느냐?' 하는 것이다. 학생(學生)이란 단어도 학교에서 사용하는 뜻과는 같지 않다고 생각한다. 이 학생이라고 한 단어를 많이 사용하게 된 것은 개화기 이후 신학문이 들어오고. 학교가 설립된 뒤부터인 것이다. 따라서 옛날에 학교가 없던 시대에 학생이란 단어는 지방에 쓰는 단어와 뜻이 다르다고 보기 어렵다. 학교가 있기 이전에 서당에서 글을 배우는 사람들을 학생이라고 부르지 않고 서생, 유생, 서동이라고도 했다. 사서삼경에서는 문인, 또는 모(某)문하생이라고도 썼다. 또한 학생이란 단어가 사용된 것은 향교 석전대제향사(釋奠大祭享祀)에 학생의 직위가 있었다. 그 직위에 관해서도 각 학자마다 해석이 구구하다. 석전 향사에 학생의 직위가 석전대제 총감독이라고 하는 학자도 있고 또한 행사장 내 정리를 하는 사람이라고 하는 학자도 있다. 부산대학교 함장실(含章室) 이병혁 박사는 총감독이라는 뜻에 무게를 두고 있다. 향교가 조선시대에 유학(儒學)을 배우는 곳이지만, 권위 있는 기관임은 분명하다. 각 향교 앞에 하마비(下馬碑)를 보더라도 그것을 충분히 증명할 수 있다. 고을원도 이 앞을 지날 때 말에서 내려 일정거리를 걸어서 간 것을 보면, 그 권위를 대략 짐작 할 수 있다. 춘추석전대제의 총감독 직책이면 벼슬을 못했더라도 일반 백성으로서는 대단한 직책이다. 대부분의 학자들은 양대 석전행사의 학생직위와 지방을 쓸 때 학생이란 단어의 뜻이 다를 것이라고 해석하기도 하지만, 필자는 같다고 생각한다.

'부군(府君)'은 글자 그대로 해석하면 고을의 임금이다. 그러나 역해(譯解) 식으로 하면, '고을의 큰 어른'이라는 뜻도 된다. 따라서 현고학생부군신위(顯考學生府君神位)를 해석하면, "학생이시고 고을의 큰 어른이시며, 덕이 높으신 돌아가신 아버지의 신위"라고 해야 할 것이다. 이상의 해석에서 높고 고을의 큰 어른(임금)이라는 단어의 사이에 "학생"이라는 단어를 사용했는데, 여기에 평범한 단어를 사용하지는 않았을 것이다. 조선시대의 권위 있는 춘추석전을 총지휘하는 학생이 맞지 않나 생각한다.

또한, 예를 들어 현비유인전주이씨신위(顯妣孺人全州李氏神位)에서 '유인(孺人)'이란 단어가 의문이다. 옛날 여성들은 다른 사람이 성씨를 물으면, 자신의 성을 대답하지 않고 남편의 성으로 답했다. 남편이 밀양박씨면 박씨라고 했으므로 시집오기 전 어릴 때 성씨를 지방에 썼던 것이다. 이것을 해석하면 높으시고 어릴 때 성씨가 전주이씨 인 돌아가신 어머님의 신위라고 해석해야 한다. 앞뒤 단어가 존칭어로 사용된 부친의 지방에 학생이란 평범한 단어의 뜻을 사용하지 않았을 것이라고 본다.

2009년 4월 30일

(부산일보, 유교신문 기고문 인용)

남존여비(男尊女卑)와 유학(儒學)

유학(儒學)의 모임자리에서 남존여비(男尊女卑)와 관련된 이 야기가 약방 감초처럼 가장 많이 등장했다. 강의나 각종행사 후 남녀 회식좌석에서 흔히 등장하는 말이다. 유학의 불합리한 부분을 지금 와서 거론하면 남녀 성차별이 바뀌어 여성상위시대에 맞지 않은 현실을 말하게 된다.

이 말이 거론 될 때마다 필자는 논어(論語) 5편 공야장(公冶長) 1장 첫째구절이 떠오른다. 자위공야장, 가처야, 수재류설지중, 비기죄야, 이기자처지 (子謂公冶長하사되 可妻也로다. 雖在縲絏之中이나 非其罪也라하시고, 以其子妻之)하시다. 공자님께서 공야장(公冶長)을 두고 평하시기를 사위 삼을(딸을 시집보

냄)만하다. 비록 포승에 묶여 옥중에 있었으나 그의 죄가 아니라 하시고 자기 딸을 그에게 시집보내셨다. 이글 끝부분 문장에 딸을 시집보낸 것을 이기녀처지(以其女妻之)라고 해야 할 것을 아들자(子)로 쓴 것이다. 왜 딸을 여(女)라고 쓰지 않고 아들자(子)로 썼느냐 하는 것이다. 이것을 보면 아들, 딸을 구별 않고, 동일하게 다 똑 같은 자식으로 보신 것이다.

　이 글을 보면 공자님께서 처음부터 남녀평등 사상을 가지신 것이라고 생각한다. 그리고 후세에 오면서 여성들은 사후(死後)에 남성보다도 더 존대를 받은 셈이 된다. 제사를 모실 때 지방(紙榜)을 쓰면, 예를 들면 어머님은현비유인현풍곽씨신위(顯妣 孺人玄風郭氏 神位)라고 쓴다. 여기에 유인(孺人)이란 단어가 있다. 각 학자마다 이단어의 해석을 달리하는 자도 있지만, 존칭으로 정 또는 종구품의 아내로 높여서 사용하는 말이라고 해석하는 학자도 있다. 고대 중국의 여성호칭을 보면, 예기(禮記) 곡예 하(曲禮 下)에는 부인의 호칭이 남편의 직위에 따라 달라진다. 천자(天子)의 부인은 후(后), 제후(諸侯)의 부인은 부인(夫人), 대부의 부인은 유인(孺人), 서인의 부인은 처(妻)라고 했다. 그러나 당(唐) 송(宋) 시대에 와서 또 그 호칭의 뜻이 달라진다. 당나라는 한 때 유인(孺人)을 왕의 첩이라고 했고, 송나라는 통직랑(通直郎) 등 관원의 어머니, 혹은 처의 봉호(封號)로서 사용했다.

그러나 유인(孺人)을 우리나라에 와서는 정(正) 또는 종구품(從九品)의 벼슬을 한 아내를 존칭(尊稱)을 한 말이다. 일부 학자들은 벼슬을 하지 못한 남편의 아내가 돌아가면 자식이 어머님의 신위를 쓰면서 높여서 유인(孺人)이란 존칭을 부친 것이라고 한다. 그렇다면 이 단어는 여성은 죽어서 남성인 아버지 보다 오히려 높여서 존칭어를 쓴 셈이 된다. 돌아가신 아버지를 평범한 학생(學生)이란 용어를 쓰고 어머니는 정(正) 또는 종구품(從九品)의 아내인 유인(孺人)으로 존칭어를 쓴 것에 주안점(主眼點)을 둔다면 남존여비사상(男尊女卑思想)이 아닌 여존남비사상(女尊男非思想)이 된다.

요즘 민주화가 되어 남녀평등이 되었다고 하지만, 대통령부인(大統領婦人)부터 공식적 호칭이 없다. 한 때는 통칭하여 영부인(令夫人)이라고 했지만 사전을 찾아보면, 영부인은 지체 높은 신분의 아내를 높여서 일컫는 말이라고 되어 있다. 옛날처럼 대통령부인의 존칭을 부치는 것은 시대착오적이라고 할 것이다. 그러나 미국도 대통령부인의 호칭을 퍼스트레이디(first lady)라고 통칭하며, 이 용어는 전 세계적으로도 통한다. 옛날

호적에는 신위(身位) 내에 장남(長男), 차남(次男), 장녀(長女), 차녀(次女)로 되어 있었다. 그러나 요즘은 가족관계증명을 보면 자(子)내에 성별로 아들은 자(子), 딸은 여(女)로 표기 되어 있다. 이천오백 년 전에 공자님이 아들, 딸을 다 같이 자(子)라고 하신 뜻과 같다. 이것을 보면 공자님의 도(道)가 후세에 전해오면서 얼마나 왜곡되어 잘 못 행해진 것이 많은지 잘 알 수 있다.

2010년 12월 1일

유교를 쇠퇴시킨 유학자들

우리나라 조선시대의 유학자들이 유학 발전에 많은 기여를 했다고 생각하고 있다. 그러나 현재 유학을 분석해 보면 학문적으로는 기여한 점이 많으나, 오히려 쇠퇴시킨 측면도 크다. 이들은 공자의 사상에 대한 과잉된 행위로써 예의 가르침을 지나치게 의식화(儀式化)함으로써 유교의 본 뜻을 오도 했으며, 오늘날 유교와 국민생활에 대해 많은 괴리감을 가지게 했다. 필자는 예(禮)에 대한 인간존엄성을 도덕적 자기완성을 해 실천하는 것이라 생각한다. 유학자들은 예 중에서도 특히 상례(喪禮) 제례(祭禮) 혼례(婚禮) 등을 각 학자마다 가례집(家禮集) 까지 만들어 세분화 했다. 너무 의식화(儀式化)에 치우쳐 오늘날 형식만 남게 되어 유학을 쇠퇴시켰다. 우리 역사에서 예의 의식이 큰 논쟁이 되어 피해를 준 것은, 효종이 죽은 후 서인(西人) 남인(南人)이 상례(喪禮)의 의견충돌로서 1차 예송(禮訟)논쟁이 발생했다. 효종의 상에 인조의 후비인 조대비가 갖출 복제에 대한 것이 문제가 되었다.

서인은 효종이 왕이지만 차남이기 때문에 1년 복을 입어야 한다고 했고, 남인은 종통을 이어받았으니 3년 복을 입어야 한다고 했다.

서인의 실권자 송시열은 남인인 허목 등 일파가 끊임없이 올린 상소를 묵살하고 1년 복을 입게 했다. 그 후 효종비의 상에도 다시 복제가 문제된다. 이 일이 나중에 당쟁으로 비화되어 큰 혼란이 온 것이다. 이런 예의 의식(儀式)이 나라뿐 아니라 각 가문의 상례, 제례, 혼례 등에서도 논쟁이 되어 집안에 큰 싸움이 일어난 일이 많았다. 조선시대에 관혼상제 예의 격식(格式)문제로 나라와 각 가문이 여기에 500년을 매달려 허송세월을 보냈으니 경제적으로 가난한 나라가 될 수밖에 없었다. 공자의 뜻이 잘 담겨져 있는 논어에서 예의 근본을 찾아보면, 팔일(八佾) 3편4장에 임방, 문예지본, 자왈, 대재, 문, 여기사야, 영검, 상, 여기이야, 영척, (林放이 問禮之本한대 子曰, 大哉라 問이여! 與其

奢也론 寧儉이요, 喪은 與其易也론 寧戚)이라고 하셨다. 임방
(노나라사람)이란 사람이 예의 근본을 물으니 공자님이 말씀하
셨다. 훌륭한 질문이여! 예(禮)는 사치하기보다는 차라리 검소
해야하고, 상은 형식적으로 의식에 의해 잘 치러지기보다는 차
라리 슬퍼해야 한다. 고 말씀하셨다. 또한 자장19편14장에는
자유왈(子游曰) 상(喪)은 치호애이지(致乎哀而止)니라. 고 했다.
자유가 말했다. 상은 슬픔을 극진히 할 뿐이다. 이상의 글에서
상례의 근본에 대해 잘 나타나고 있다. 자유는 공자제자 4과10
철 중 문학에 속한 사람이다. 임방의 문답과 자유의 말을 빌리
면, 상은 복잡한 형식적 의식에 의한 것보다는 슬퍼하는 것이
났다고 했다. 이글을 분석해 보면 송나라 주자와 조선시대의 유
학자들이 상례(喪禮)를 제도화 해 복잡한 의식의 절차를 만든
것은 의식에 지나친 것이다. 논어(論語)의 예(禮)가 공자의 뜻이
올바로 전해 졌는지 의문이다. 예기(禮記)는 공자가 직접 쓴 것
이 아니고 , 4과 10철 중의 제자들이 저술한 것도 아니다. 증자
와 유자의 후세 제자들이 스승의 이야기를 전해 듣고 저술한 것
이라고 한다. 그러니 공자의 뜻인 예의 근본인 도덕적 자기완성
을 위한 부분이 다 전해 졌는지 의문이다. 유교가 조선시대를
거치면서 유학자들이 의식에 의한 위선적 제도만 많이 만들어

관리나 부유층이 아닌 서민들은 다 행할 수 없게 되어있다. 현재는 예의 근본인 인간존엄성의 도덕적 자기완성은 없고, 위선적 의식만 남게 되어 유교가 더 쇠퇴하게 됐으므로 공자의 가르침인 예(禮)의 도덕적 자기완성을 한 사상으로 다시 돌아가야 한다. 사서삼경 중 공자사상에서 벗어난 것은 오직 예기(禮記)뿐이다.

論語 팔일 제3편 15장에 보면, 자입대(태)묘, 매사문, 혹왈 숙위추인지자 , 지례호, 입태묘, 매사문, 자문지, 왈 시례야 (子入大(太)廟하사 每事問하신대 或曰 孰謂鄹(추)人之子知禮乎아 入大廟,하여 每事問이온여 子聞之하시고 曰 是禮也)니라 공자께서 태묘에 들어가 매사를 물으시니 혹자가 말하기를 "누가 鄹 땅 사람의 아들(孔子)을 일러 禮를 안다고 하는가? 대묘에 들어가 매사를 묻는구나?"하였다. 孔子께서 이 말을 들으시고 말씀하시기를 "이것이 바로 예이다." 하셨다.

후세 학자들이 "공자가 老子에게 禮를 물었다." 고 한 것은 공자가 예를 몰라서 물으신 것이 아니라고 본다. 예는 상대에 따라 많이 변할 수 있으니 그 때 상황에 의해 융통성을 발휘해야 하는 것이다. 시대와 환경에 따라 변할 수 있으니 그것을 다 기록에 남길 수 없어서 예기(禮記)에 손을 대지 않으셨다고 본다.

후세 문하에 제자들이 예기를 지은 것은 공자의 사상에서 벗어났다고 본다. 또한 조선시대에 500년 간 예로 인해 다투다가 심지어 목숨까지 버리고 각 가문에서도 갈등이 많았으며, 국력이 쇠퇴하여 일본에게 지배를 받았다.

2010년 4월 16일

도(道)란 무엇인가?

　道를 말하면 유학자들은 유교의 유도(儒道)라고말할 것이다. 그러나 유교를 몸담고 있는 사람도 유도(儒道)의 뜻을 아는 사람은 회소하다. 유림회원 중에서도 유도를 말하면 일반적으로 운동경기 유도(柔道)를 알고 유림(儒林)단체로 아는 사람을 찾기 어렵다. 유(儒)자는 선비라는 뜻이지만 도(道)자의 뜻은 길 도, 이치도, 도도, 말 할도, 말미암을 도, 좇을 도, 행정구역 도, 등 7가지이다. 또한 경전에서는 다스릴 도의 뜻으로도 통한다. 유림회원들도 道의 뜻을 설명하라면 사서삼경을 다 읽은 회원도 설명하기가 쉽지 않다. 사서삼경 중 道學을 설명한 책은 中庸이다. 中庸을 통달한 학자도 유도(儒道)의 도(道)를 이것이라고 말하기를 삼간다. 中庸 章句 1에 도야자, 불가수유이야, 가리, 비도야(道也者는 不可須臾離也니 可離면 非道也)라 도(道)라고 하는 것은 잠시도 떠날 수 없는 것이니, 떠날 수 있으면 도가 아니다. 또한 논어 이인4편(論語 里仁四篇) 8장엔 자왈, 조문도 석사가의 (子曰 朝聞道 夕死可矣)라고 하셨다. 공자께서는 아침에 도를 들으면 저녁에 죽어도 괜찮다. 이 문장은 천 번을 읽어봐도 필자에게는 의문의 여운(餘韻)이 남는다. 문(聞)자를 깨친다고 해석한 주석을 가지고 생각해서 활연관통이 된다고 보고, 죽어도 괜찮다는 것이 이해가 가지 않는다. 도를 깨쳤다고 해서 불교, 기독교와 같이 극락과 천당을 간다는 말에 비유한 것 같지 않고, 더구나 유교는 사후(死後)가 없다는 종교이고 또한, 인간생명만큼 소중한 것이 없다고 하니 더욱 알 수 없다. 죽어도 괜찮다 고 한 것은 보면, 필자 역시 도의 진실을 모르는 것이다. 정명도(程明道)주석의 말씀이 필자의 생각과 가까워 아래의 글을 택하였다. 개실리야, 인지이신자위난, 사생역대의, 비성유소득, 기이석사위가호아 (皆實理也니 人知而信者爲難이라 死生亦大矣니 非誠有所得이면 豈以夕死爲可乎)아 "이는 모두 진실한 이치이니. 사람이 이것을 알아서 믿는 것이 어렵다. 죽고 사는 것이 큰 것이니, 진실로 얻는바가 있지 않으면 어찌 저녁에 죽는 것을 가하다고 하겠는가?"

우리가 어릴 때 전설적인 이야기로 도를 닦아 통한다는 이야기를 듣고, 활연관통(豁然貫通)을 한 사람이라고 상상했다. 그래서 현재 경전에 수없이 나오는 도(道)에 대한 구절을 해석해 보니 도(道)란 것을 정의하기가 어려웠다. 지금 필자가 아는 도는 크게는 인도(人道)와 천도(天道)로 구분된다는 것을 알 수 있다. 논어 학이 1편 14장 주석(註釋)에 범언도자, 개위사물당연지리, 인지소공유자야(凡言道者는 皆謂事物當然之理니 人之所共由者也)라고 했다. 무릇 도(道)라고 말하는 것은 모두 사물의 당연한 이치이니 사람이 누구나 함께 행하여야 할 것을 말한다.고 했다.

공야장(公冶長) 5편 12장에 자공왈, 부자지문장, 가득이문야, 부자지언성여천도, 불가득이문야 (子貢曰 夫子之文章은 可得而聞也어니 夫子之言性與天道는 不可得而聞也)니라 자공이 말하였다. "부자의 문장(威儀와 文辭)은 들으면 이해할 수 있으나, 부자께서 성(性)과 천도(天道)에 대한 말씀은 들어도 이해할 수 없다."

양화 17편 19장에 자왈 여욕무언, (子曰予欲無言)하노라 공자께서 말씀 하셨다. "나는 말을 하지 않으려고 한다." 자공왈 자여불언, 즉소자하술언 (子貢曰 子如不言이시면 則小子何述焉)이리있고 자공이 말하였다. "선생께서 만일 말씀하지 않으시면 저이들이 어떻게 도(道)를 전하겠습니까?" 자왈천하언재, 사시행언, 백물, 생언, 천하언재 (子曰 天何言哉시리오 四時行焉하고 百物이 生焉하니 天何焉哉)시리오 공자께서 말씀하셨다. "하늘이 무슨 말씀을 하시는가? 사시(四時)가 운행되고 온갖 백물이 生長 하나니 ,하늘이 무슨 말씀을 하시더냐?"고 말씀하셨다. 자공(子貢)은 사과십철(四科十哲)중의 한사람이다. 진자금(陳子禽)은 子貢이 공자보다 낫다고 했고, 진자금은 자공(子貢)의 제자라는 말도 있고, 공자(孔子)의 제자라는 말이 있다. 이렇게 훌륭한 자공도 천도에 대한 것은 알지 못하겠다고 했다. 인도(人道)와 천도(天道)가 나누어 졌다고 해도 도(道)를 정확히 알고 이것이라고 말하기가 쉽지 않다.

2019년 10월 5일

인(仁)이란 무엇인가?

공자님사상은 누구에게 물어도 仁의 사상이라고 말할 것이다.

그러나 인(仁)의 포괄적인 뜻이 무엇인가? 라고 물으면 사서삼경을 다 읽은 선비도 인(仁)을 이것이라고 한 마디로 답 할 수 있는 사람이 없었다.

논어에는 인(仁)자가 들어간 글귀가 108 구절이 있다. 논어 20편 중, 위정(爲政) 향당(鄕黨) 선진(先進) 계씨(季氏) 4편(篇)은 인(仁)자의 글귀가 없고, 16편만 인자의 글귀가 있다.

공자님께서 3천제자 중, 학문을 제일 좋아하는 제자 안연(顔淵)을 사랑하셨다. 안연(顔淵) 12편(篇) 1章에 안연(名은 回)문인, 자왈, 극기복예위인, 일일극기복례, 천하귀인언, 위인유기,

이유인호재아 (顏淵問仁한대 子曰 克己復禮爲仁이니 一日克己復禮면 天下歸仁焉하리니 爲仁由己니 而由人乎哉)아

안연이 인을 묻자 공자께서 말씀하셨다. 자기의 "사욕을 이겨 예(禮)에 돌아감이 인을 하는 것이니 하루라도 사욕을 이겨 예에 돌아가면 천하가 인을 허여한다. 인을 하는 것은 자신에게 달려 있으니 남에게 달려 있겠는가." 라고 답하셨다.

안연왈 청문기목, (顏淵曰 請問其目)하노이다. 안연이 말하기를 "그 조목을 묻습니다." 하고 말하자, 자왈 비례물시, 비례물청, 비례물언, 비례물동, (子曰 非禮勿示하며 非禮勿聽하며 非禮勿言하며 非禮勿動)이니라 공자께서 말씀하셨다. 예가 아니면 보지 말며, 예가 아니면 듣지 말며, 예가 아니면, 말하지 말며, 예가 아니면 동(動)하지 말아야 한다. 안연왈 회수불민이나 청사사어의(顏淵曰 回雖不敏이나 請事斯語矣)리이다.

안연이 말하였다. "제가 비록 불민하나 청컨대 이 말씀을 종사하겠습니다." 고 했다.

안연(顏淵) 2장(章)에 중궁(名은 雍) 문인, 자왈 출문여견대빈, 사민여승대제, 기소불욕, 물시어인, 재방무원, 재가무원, 이니라 중궁왈 옹(雍)수불민, 청사사어의, (仲弓이 問仁한대 子曰 出門如見大賓하며 使民如承大祭하고 己所不欲을 勿施於人이니

在邦無怨하며 在家無怨이니라 仲弓曰 雍 雖不敏이나 請事 斯語矣)이리다.

중궁이 인을 묻자, 공자님께서 말씀하셨다. "문을 나갔을 때에는 큰 손님을 뵈온 듯이하고 백성을 부릴 때는 큰 제사를 받들 듯이 하며, 자신이 하고자하지 안는 것은 남에게 베풀지 말아야 하니 <이렇게 하면>나라에 있어도 원망함이 없으며 집안에 있어도 원망함이 없을 것이다." 중궁이 말하였다. "제(雍)가 비록 불민하나 청컨대 이 말씀을 종사하겠습니다."

안연(顏淵) 3장(章)에 사마우(名은 犁)문인, 자왈 인자 기언야인, (司馬牛問仁한대子曰 仁者는 其言也認)이니라 사마우가 인을 묻자, 공자께서 말씀하셨다. 인자(仁者)는 그 말을 참아서 한다. 고 하셨다.

이렇게 제자마다 인(仁)을 물을 때마다 대답이 각각 달랐다. 그 제자들의 자질(資質)에 따라 인(仁)을 일일이 대답 해 주셨으니 인의 대답은 각각 다를 수밖에 없었다.

논어(論語)에는 제자 번지(樊遲)가 인(仁)에 대해 3번을 물었다. 그러나 3번을 물을 때마다 그 대답은 장소와 때에 따라 각각 달랐다.

첫 번째는 옹야(雍也) 6편(篇) 20장(章)에 번지, 문인, 왈 인자

선난이후혁, 가위인의(樊遲 問仁한대 日 仁者先亂而後獲이면 可謂仁矣)니라고 답하셨다. 인자(仁者)는 어려운 일을 먼저하고 얻는 것은 뒤에 하니, 이렇게 한다면 인(仁)이라고 말할 수 있다. 고 말씀했습니다.

두 번째는 논어 안연(顔淵)12편(篇) 22장(章)에 번지문인(樊遲問仁)한대 애인(愛人) 이라고 하셨다. 번지가 인(仁)을 물으니 사람을 사랑하는 것이다. 고 하셨다.

세 번째는 자로(子路) 13편(篇) 19장(章)에 번지문인, 자왈 거처공, 집사경, 여인충, 수지이적, 불가기야, 라고 하셨다. (樊遲問仁한대 子曰 居處恭하며 執事敬하며 與人忠을 雖之夷狄이라도 不可棄也)니라 고 하셨다.

번지가 인을 묻자 공자께서 대답하셨다. "거처함에 공손하며 일을 집행함에 공경하며 사람을 대하기를 충성스럽게 함을, 비록 이적(夷狄)의 나라에 가더라도 버려서는 안 된다." 고 대답하셨다.

번지가 공자님께 논어(論語)에서 인(仁)을 3번을 물었는데 물을 때마다 대답이 달랐다. 또한 안연부터 모든 제자들이 인을 물을 때마다. 그 제자의 성향에 따라 답이 달랐다. 그러므로 유학사상을 공부하는 제자들도 인을 이것이다, 고 답할 수 있는 사람이 없었다. 모든 유학자들이 사람을 사랑하는 것을 인(仁)이라고 여겼다. 이렇게 되니 논어를 통달하고도 포괄적인 인(仁)이 이것이라고 말할 수 없었다.

따라서 인은 천(天)<하늘: 자연>지(地) <땅 :사회> <인(人):사람>과 삼위일체가 된다고 말할 수 있다. 자연도 따뜻한 기운이 있어야 모든 만물이 소생할 수 있고, 사회도 땅처럼 포용하는 생활이 되어 도움을 줄 수 있는 분위기가 되어야 원만한 사회생활이 될 수 있고, 사람의 신체도 마음부터 따뜻해야 혈액순환이 원활이 소통될 수 있어 무병장수 할 수 있다. 칠정을 자제 못하면 혈액순환이 원활치 못해 중풍(한의학에서 불인<不仁> 또는 위비(萎痺)라 함)과 같은 병에 걸러서 건강에 치명상을 입을 수 있다. 그래서 한의학에서는 중풍을 불인(不仁 :마음이 인하지 못함)이라고도 한다.

논어에 공자께서 관중(管仲)을 처음에는 소인배와 같아 예의(禮儀)와 절목(節目)을 잘 지키지 못하며 의리도 없었다고 했다. 그러나일생 사(一生事)를 공자께서 관중을 들어 이것이 인(仁)이다. 고 대답하신 대목이 나온다.

논어 제 팔일(八佾)3篇 22章에 자왈 관중지기소재 (子曰 管仲

之器小哉)라

　공자께서 말씀하셨다. "관중의 기국이 작구나." 혹왈 관중, 검
호, 왈 관씨유삼귀, 관사, 불섭, 언득검 (或曰 管仲은 儉乎잇가
曰 管氏有三歸하여 官事를 不攝하니 焉得儉)이리오 혹자가 "관
중은 검소했습니까?" 하고 묻자 공자께서 말씀하셨다. "관씨는
삼귀(三歸)를 두었으며 가신의 일을 겸직시키지 않았으니, 어찌
검소하다고 할 수 있겠는가,"

　연즉관중, 지례호, 왈 방군, 수색문, 관씨역수색문, 방군, 위양
군지호, 유반점, 관씨역유반점, 관씨이지례, 숙불지례, (然則管
仲은 知禮乎잇가 曰 邦君이야 樹塞(색)門이어늘 管氏亦樹塞門
하며 邦君이야 爲兩君之好에 有反坫이어늘 管氏亦有反坫하니
管氏而知禮면 孰不之禮)리오 "그러면 관중은 례(禮)를 알았습
니까?" 하고 묻자 ,공자께서 말씀하셨다. "나라의 임금이야 병
풍으로 문을 가릴 수 있는데 관씨도 병풍으로 문을 가렸으며,
나라의 임금이야 두 임금이 우호로 만날 때에 술잔을 되돌려 놓
는 자리를 둘 수 있는데 관씨도 술잔을 되돌려 놓는 자리를 두
었으니. 관씨가 예(禮)를 안다면 누가 예를 알지 못하겠는가?"
라고 혹평하셨다.

논어 헌문(憲問) 14篇 17章에 자로왈 한공살공자규, 소홀, 사지, 관중, 불사, 왈 미인호 (子路曰 桓公殺公子糾어늘 김忽은 死之하고 管仲은 不死하니 曰 未仁乎)인저

자로(子路)가 말하였다. "환공(桓公)이 공자규를 죽이자 소홀은 죽었고 관중(管仲)은 죽지 않았으니 仁하지 못할 것입니다."

<춘추좌전>을 상고해 보면 제나라 양공이 무도(無道)하자 포숙아는 공자소백을 받들어 거(莒)나라로 망명하고 무지(無知)가 양공을 시해(弑害)하자 관이오(관중)와 소홀(김忽)은 공자규를 받들어 노나라로 망명하였는데, 노나라 사람들이 공자규를 제나라로 들어 보내려 하였으나 성공하지 못하였고, 소백이 들어가니, 이가 환공(桓公)이다. 환공이 노나라로 하여금 공자규를 죽이게 하고 관중과 소홀을 보내줄 것을 청하자 소홀은 스스로 죽고 관중은 죄인이 타는 수레<함거(檻車)>갇히기를 자청하였는데, 포숙아가 환공에게 말하여 정승을 삼게 하였다.

이로 말미암아 고사에 절친한 친구를 관포지교(管鮑之交)라는 격언이 되어 3천년이 지난 지금도 전해 오고 있다.

자로는 관중이 군주(君主)를 잊고 원수를 섬겼으니 마음을 차마(잔인)하고 천리를 해쳐 인(仁)함이 될 수 없다고 의심한 것이다.

자왈 환공구합제후, 불이병차, 관중지력야, 여기인, 여기인,

(子曰 桓公九(糾)合諸侯호되 不以兵車는 管仲之力也니 如其仁,
如其仁이리오

공자께서 말씀하셨다. "환공(桓公)이 제후(諸侯)들을 규합하
되 병차(武力)를 쓰지 않은 것은 관중의 힘이었으니, 누가 그의
인(仁)만 하겠는가, 누가 그의 인(仁)만 하겠는가," 라고 하셨다.

논어를 읽어보면 이렇게 포괄적 인(仁)이라고 공자께서 말씀
한 곳이 한군데도 없다. 그러나 공자님께서 여기에서 두 번을
그 인만 하겠는가!를 되풀이 하신 것은, 이것이 인(仁)이란 것을
말씀하신 것이다.

관중(管仲)을 처음은 기국이 작고 검소하지도 않고 예의도 모
르는 자라고 하셨다. 그러나 여기에서 180도의 평가가 달라졌
다. 이것은 제후들을 규합하는데 병차(兵車)를 썼으면 많은 생
명을 희생하게 되었을 것이다. 전쟁을 하지 않고 제후들을 규합
함으로 많은 사람의 희생자를 내지 않았다는 것이다. 인간 생명
의 존엄성(尊嚴性)인 궁극적 인(仁) 가치는 존귀한 생명을 살리
는 이 이상의 인(仁)이란 있을 수 없다고 하신 것이다.

헌문(憲問) 18章에는 자공왈 관중, 비인자여, 환공살공자규,
불능사, 우상지, (子貢曰 管仲은 非仁者與 인저 桓公殺公子糾어

늘 不能死요 又相之)온여

자공(子貢)이 말하였다. "관중(管仲)은 인자가 아닐 것입니다. 환공이 공자규(公子糾)를 죽였는데 죽지 못하고 또 환공을 도와 주었습니다.

주석(註釋)은 자공(子貢)이 관중(管仲)이 죽지 않은 것은 그래도 괜찮지만 환공을 도운 것은 너무 심하다고 생각한 것이다.

자왈 관중, 상환공패제후, 일광천하, 민도우금, 수기사, 미관중, 오기피발좌임의 (子曰 管仲이 相桓公覇諸侯하여 一匡天下하니 民到于今히 受其賜하나니 微管仲이면 吾其被髮左衽矣)니라

공자님께서 말씀하셨다. "관중이 환공을 도와 제후의 패자가 되게 하여 한 번 천하를 바로잡아 백성들이 지금까지 그 혜택을 받고 있으니, 관중이 없었다면 나(우리)는 머리를 풀고 옷깃을 왼편으로 하는 오랑캐가 되었을 것이다. 고 하셨다.

기약필부필부지위양야, 자경어구독이막지지야 (豈若 匹夫匹婦之爲諒也하여 自經於溝瀆而莫之知也)리오

"어찌 필부(匹夫), 필부(匹婦)들이 작은 신의를 위해 스스로 목매 죽어서 시신이 도랑에 뒹굴어도 알아주는 이가 없는 것과 같이 하겠는가,"하셨다. 인간생명의 존귀한 목숨은 의절(儀節)에 비할 바가 아니라는 것이다.

또한, 맹자(孟子) 이루장구(離婁章句) 上 17장(章)에도 이와 비슷한 문제가 나온다.

선우곤왈 남녀수수불친, 예여, 맹자왈예야, 왈 수익, 즉원지이수호, 왈 수익불원, 시, 시랑야, 남녀수수불친, 예야, 수익, 원지이수자, 권야, (淳于髡曰 男女授受不親이 禮與잇가 孟子曰 禮也니라 曰 嫂溺이어든 則援之以手乎잇가 曰嫂溺不援이면 是는 豺狼也니 男女授受不親은 禮也요 嫂溺이어든 援之以手者는 權也)니라

순우곤이 "남녀 간에 주고받기를 친히 하지 않는 것이 예(禮) 입니까?" 하고 묻자, 맹자께서 "예이다."하고 대답하셨다. "제수가 우물에 빠졌으면 손으로써 구원하여야 합니까?" 하고 묻자, 대답하시기를 "제수가 물에 빠졌는데도 구원하지 않는 다면 이는 시랑(승냥이)이니 남녀 간에 주고받기를 친히 하지 않음은 예(禮)이고, 제수가 물에 빠졌으면 손으로써 구원함은 권도(權道) 이다." 하셨다.

권도(權道)는 상황에 따라 예의, 절목(節目)을 뛰어넘을 수 있다.고 하신 것이다. 여기에 사회생활에서 도덕은 필수적이므로 예의 절목은 반드시 지켜야 한다. 고 하셨다. 그러나 존귀한 인간생명존엄성의 가치에 비교 할 수 없으므로 생명이 위기에 처

할 때는 윤리를 뛰어넘어 구할 수 있다는 뜻을 엿볼 수 있다.

지금의 헌법이 지방자치의 조리보다도 상위법에 있듯이 사회 생활에서 모든 예의 절목을 지키는 것은 필수적이나 인간생명 존엄성에 대해서는 예의(禮儀) 절목(節目)의 상위에 있어 뛰어 넘을 수 있다는 것을 필자는 상기의 논어 헌문(憲問) 17장 18장 과 맹자(孟子) 이루장구(離婁章句) 상 17장(章)에서 인(仁)는 생 명에 대한 존엄성의 뜻이라고 해석한 것이라고 본다.

논어 팔일(八佾)3편 22장에 자왈 관중지기소재 (子曰 管仲之 器小哉)라 공자님께서 이장에 관중을 평하시기를 기국이 작은 소인이고 예의와 검소함을 모르는 자라고 평하셨다.

논어 헌문(憲問) 14편 17장에 자로왈 한공살공자규, 소홀, 사 지, 관중, 불사, 왈 미인호, (子路曰 桓公殺公子糾어늘 召忽은 死 之하고 管仲은 不死하니 曰 微仁乎)인저

이 장을 보면 뜻을 같이 한 소홀은 공자규를 따라 죽었지만 관중은 죽지 않았으니 義理가 없는 사람이 뜻을 같이 한 동지도 배신하고 오히려 자신이 모시던 공자규를 죽인 환공을 도와주 었다고 했으니 인한 사람이 될 수 없다는 것이다.

헌문(憲問) 18章에는 자공왈 관중, 비인자여, 환공살공자규, 불능사, 우상지, (子貢曰 管仲은 非仁者與 인저 桓公殺公子糾어

늘 不能死요 又相之)온여 라고 한 대목은 다 의(義)에 부합되지 않는 일일 뿐만 아니라 사람의 의리(義理)로 할 수 없는 일이다.

맹자장구 이루(離婁)17장에도 제수와 손을 잡는 것은 다 禮와 義에 부합되지 않는 일들이다. 그러나 제수 생명이 위급함에 처한 때를비할 수 없다는 것이다.

처음부터 예의 절목보다 생명의 존귀함을 포괄적인 인(仁)의 최고덕목을 칭하지 않은 것은 인간생명의 존엄성을 권도에 대한 여운을 남긴 것이라고 본다. 권, 비체행자, 불능용야, (權은 非體行者 不能用也)라, 권도는 자신이 체행하지 않는 자는 쓸 수가 없다고 했고, 또한, 일시지용 (一時之用)이라 고 했기 때문에 도를 체행한 자도 위급 할 때 잠깐만 사용 할 수 있다고 했으며, 소인은 쓸 수가 없다 고 했다. 요즘 소인배들이 권력을 쥐면 물러날 때까지 상용하므로 권이 문제가 된다.

2018년 12월 30일

숭례문(崇禮門)을 애도(哀悼)한다

2008년 2월 10일 등산을 갔다 와서 피로에 지쳐 세상모르게 초저녁부터 밤새도록 많이 잤다.

다음날 새벽 TV를 켜고 뉴스를 듣는 순간 간밤에 국보 1호인 숭례문(崇禮門)이 화재로 인해 전소(全燒) 됐다는 소식을 듣는 순간, 앗! 하는 비명소리와 함께 나도 모르게 눈물이 흘러내렸다.

TV화면에 소복단장한 한 여인의 한삼자락 진혼(鎭魂) 춤사위가 숭례문 소실의 비통함을 여명(黎明)속 호곡하듯 가슴을 더 아프게 했다.

숭례문(崇禮門)은 하나의 건축물이기 이전에 오늘날 대한민국역사의 혼이 서려있는 우리조상들의 이상이었다.

하늘을 비상(飛翔)하는 2~3층의 각 넷 추녀의 날개를 펼친 것은 학이 창공높이 용약 하듯 했고, 우리의 꿈을 형상화한 위에 고고한 조상들의 넋을 불어넣은 하나의 조형물이었다.

맑게 갠 날에 추녀 수막새 끝자락 모서리가 시각적으로 창공에 비쳐질 때 그 비상(飛翔)의 형상은 우리민족이 전 세계로 뻗어 날아가는 위용의 정신적 유산이었다.

안정감이 묻어나는 용마루 양쪽 수막새는 우리국민에게 우뚝 선 기상을 일깨워 불어 넣었다.

이 넋이 소실(燒失)되어 무너져 흩어진 조각마다엔 국민들의 비통한 마음도 까맣게 타 숯덩이로 변해 날이 갈수록 말없이 이어져 지축을 흔들고 있다.

임진왜란, 병자호란, 6·25같은 모진 전란에도 꺾이지 않던 이 넋이 소실됨은 통탄하지 않을 수 없었다. 날이 갈수록 슬픔은 만가(輓歌)소리로 변해, 국화꽃조화의 애도 물결이 이어져 여울져 줄을 이었다.

화마(火魔) 후 세계 각국에서 소실된 숭례문 애도(哀悼)의 전문이 이어짐을 봐도 우리들은 여태껏 그 소중함의 진가를 미처 다 알지 못 했던 것이다.

숭례문(崇禮門)은 서울의 사대문(四大門) 중 대표적인 문이다. 1934년 일본인들이 숭례문(崇禮門)을 남대문이라 했고, 흥인지문(興人之門)은 동대문이라고 불렀다. 1996년 김영삼 대통령이 역사바로세우기에 의해 다시 "숭례문과 흥인지문"으로 환원했다.

조선개국 후 이성계의 왕권찬탈로 민심이 흉흉하고 도덕이 땅에 떨어져 예의(禮儀)와 인(仁)의 국정지표를 선양(宣揚)한다는 뜻이 담겨 있다.

숭례문은 나라에서 예의(禮儀)를 높이 숭상하여 한 격 더 높은 사회를 만들겠다는 뜻이 있었고, 흥인지문(興仁之門)은 인(仁)이 유교의 궁극적인 이념이므로 인(仁)을 더 흥(興)하게 하겠다는 뜻이다.

제일 애석(哀惜)한 것은 이 소중한 보물을 비상식적인 관리부실에 의한 화재를 발생케 한 것이다. "숭례문을 보존 하는 것이 중요한가? 개방하는 것이 더 중요한가?" 라고 물으면, "개방보다도 보존하는 쪽에 관심을 갖고 관리를 철저히 하는 것이 중요하다"고 모든 국민들은 말 할 것이다.

서울시는 이런 상식적인 일을 보존하는 것보다 개방 해 우선 시민의 환심을 사는 시정에만 급급했다. MB대통령이 당선 전 시장 당시 인기를 얻기 위해 개방했다.

국민들이 시각적으로 가까이에서 좀 더 자세히 볼 수 있을 것이고 또한, 선조들의 정신적 혼이 묻어 있는 소중한 문화재를 더 깊이 이해할 수 있을 것이라, 고 생각하여 한 일이다.

그러나 누구에게 물어봐도 개방 하지 않을 때보다 개방하여 사람들이 드나들면, 훼손의 위험이 따르는 것은 상식적이다. 노숙자들이 드나들며, 심지어 라면을 끓어 먹었는가 하면 잠을 자기도 했다고 한다.

노숙자가 아니라 정상적인 사람이 드나들어도 위험이 따르는 것은 당연한 사실이었다. 개방함에 따라 모든 것이 노출됨과 동시에 그 위험에 상응한 철저한 감시의 경비를 먼저 대비해 놓고, 개방하는 것이 당연한 행정적 순서이다.

개방과 이번 고의성에 의한 방화사건과는 무관하다고 할 수 있을지 모르지만 관리에 변화가 있을 때는 반드시 이 중요한 국보 1호인 숭례문에 대한 모든 시스템을 재점검하는 것이 상식이다.

관리관청은 예산이 없어 인원을 증원하지 못했다고 했다. 관리관청이 숭례문의 그 가치를 바로 알았다면 어떠한 화급(火急)의 예산도 이보다 먼저 책정될 수 없었을 것이다.

그 많은 민방위병 중 2명만 경비원을 세워두어도 예산 없이 이번 화마를 막을 수 있었을 것이다. 이번 일을 보면 평소에도 문화재를 관리한다는 관청에서 숭례문을 관심밖에 방치했던 사실이 드러나고 있다. 또한 소실된 것을 복구한 숭례문을 문화재 1호로 다시 지정한다고 했다.

재건축한 것은 어디까지나 오늘날에 다시 복구한 건축물이므로 문화재로서의 그 가치를 어떻게 평가해야 할 것인가를 재검토하는 것이 당연하다.

통상적인 측면에서 보면 소실된 후 똑 같이 복구한 것은 모조품에 지나지 않는다. 모조품이 국보가 될 수 있는지도 의문이며 전문가들의 재검토가 있어야 한다.

대한민국에서 제일 중요한 문화재라고 해서 국보 1호로 지정한 이 보물을 개방만 하고 그 위험에 따른 감시는 소홀히 했다. 비상식적인 관리로서 소실됨은 애석함을 통탄하지 않을 수 없다.

* 이 글을 부산일보에 싣고 난 후 이명박 정부에서 한 동안 성균관 출입을 통제했다. 이로 인해 필자의 주변에도 불이익을 받은 자가 있었다.

2008년 2월 14일

(부산일보, 유교신문 독자 칼럼 인용)

자네라는 말은 귀공(貴公)

(문화의 산물인 언어 인플레)

　우리는 하루에도 수없는 언어를 사용하면서도 그 말의 근본 어원과 뜻을 모르면서 사용할 때가 많다. 1990년에 어느 예식장에 가니 입구 안내문에 혼주(婚主) 김길동(金吉同)의 장자(長子) 김종일(金鐘日)이라고 쓰여 있었다. 그 이전에는 부(父) 김길동의 장자(長子) 김종일 일이라고 했고, 신부(新婦)측도 같은 형식의 안내문을 썼고 모친은 안내문에 성명을 올리지 않았다.

　필자는 그때 처음 혼주(婚主)라는 언어를 사용하는 예식장을 보았다. 위의 처음 문장과 같이 부모가 정상적인 부부생활을 한 가정에서는 아무런 구애를 받지 않는다. 그러나 요즘은 이혼(離

婚)재혼(再婚) 삼혼(三婚)이 많은 사회에서는 아버지와 아들의 성이 다를 수가 있다. 1990년대 이전 한자(漢字) 자전을 봐도 혼주란 단어는 쓰이지 않았다. 요즘 사전에는 혼주(婚主)를 혼사(婚事)를 주재하는 사람이라고 되었다.

예식장에 온 축하객들이 혼주(婚主)의 가정 사정을 잘 몰랐을 때 마음속으로 과거 가정에 불행한 문제가 있었다는 것을 느끼게 된다.

필자는 그때 혼주라는 언어가 재혼(再婚), 삼혼(三婚)이 많은 요즘에 참 좋은 합리적인 언어라고 생각되었다. 문화의 변화에 따라 누군가 참 좋은 언어를 만들었다고 느꼈다.

그 이후에 이 이야기를 했더니 어느 사람이 그 언어의 근본은 옛날전통혼례 때 사용했다고 한다. 그때는 문중의 대표적인 어른을 선택해 혼주(婚主)를 세워 혼인을 맡아 치렀다는 것이다.

시중에 판매되는 사전을 다 찾아보았으나, 혼주(婚主)는 없고 주혼(主婚)이라는 단어만 있었다. 그 뜻은 혼사를 주관하는 사람이라고 되었다. 그 몇 해 뒤 1999년 10월 1일 국립국어원이 발행한 표준 국어대사전에 혼주(婚主)는 결혼 당사자의 부모라고 되어있다.

한 번은 부산대학교 제일도서관 함장실 이 병혁 박사와 좌담을 하는 가운데 혼주(婚主)라는 단어를 이야기할 기회가 있었다. 그때 이 박사는 옛날 우리의 전통혼례에 사용했던 언어는 혼주가 아니라, 주혼(主婚)이라고 했다. 우리 고례는 혼인을 할 때 가문의 복 내(8촌내)종손을 혼주(婚主)가 아닌 주혼으로 대표해 결혼을 치렀다고 한다. 그러나 현재 여성의 사회활동이 보편화된 요즘 안내문에 부(父)와 혼주도 쓰지 않고 바로 김길동, 서정자의 장남, 김종일 이라고 하고, 신부 측도 같은 문장으로 하고 있다. 또한, 부친이 없을 때는 서정자 여사님의 장녀라고만 했다. 이것을 보면 우리 사회의 언어가 그 시대의 문화에 따라 변해 간다는 것을 잘 알 수 있다.또한 어르신들은 아래 사람에게 '자네'라는 말을 잘 쓴다. 그런데 이 말을 1998년 안동시 정상동에서 묘지 이장을 하던 중 412년 전 관속에서 죽은 남편에게 쓴 편지에서 이 언어를 사용한 것을 볼 수 있었다. 1586년, 31세의 젊은 나이에 세상을 떠난 남편에게 장례 날까지 짧은 시간에 촘촘하게 쓴 한지 원지 절반크기에 빼곡히 적은 사랑의 사연 이였다.

이일은 임진왜란이 일어나기 6년 전의 고성이씨 한 가문에서 아내가 죽은 남편의 저승길 갈 때 신고 가라고 자신의 머리카락을 잘라 삼과 혼합해 노끈을 꼬아서 미투리를 삼아 신발을 만들어 애절한 한글 편지와 복중에서 아직 태어나지 않은 아기에게 줄 배냇저고리와 함께 관 속에 넣어 놓았던 것이다.

그 시대에 남편에게 자네라는 말을 사용했는지 아는 학자를 만나 보지 못 했다.

평소에 이 부부간에 둘만 있을 때 사용한 것인지 아니면 이 시대에 보편적으로 그 언어가 통용되었는지 아는 자가 없었다.

"원이 아버지에게……."로 시작된 이 편지는 요즘 당신에게라고 써야 할 단어 대신 자네라고 썼던 것이다. …….어찌 나를 두고 자네 먼저 가십니까? 자네는 나에게 마음을 어떻게 가져 왔고, 나는 자네에게 어떻게 마음을 가져 왔었나요? 자네 여의고 아무리 해도 살수 없어요! 빨리 자네에게 가고 싶어요! 나를 데려가 주세요!" 이 애절한 편지에 요즘 당신이라고 해야 할 단어를 자네라고 한 것이다.

어느 날 한 좌석에 이 이야기가 있었는데 그 가운데 고성시씨 종친 간부 한 사람이 있었다. 그는 뒤에 이장(移葬)을 하면서 자네라는 글자 대신 당신이라고 비문을 고쳐서 썼다는 것이다.

만약 그 부부만이 사용했던 잘 못 된 언어라 해도 원문은 그대로 사용하는 것이 올바른 일이다. 라고 나는 말했다.

자네라는 말은 자자(아들子字)에서 나온 말이다. 대한한사전

(大韓漢辭典)에 자(子)를 찾아보면 아들자, 종자자, 당신자. 자네자, 어르신자, 등 12가지의 뜻이 있으나 자네 자(子)는 귀공(貴公)의 뜻으로 기록 되어 있다. 이것을 보면 그 당시 통용된 것이 확실하다.

아들자 자(子)에는당신이란 말도 있다. '당신'은 한글 사전을 찾아보면 하오 할 자리. 또는 낮잡아 하오할 뜻으로 상대편을 일컫는 제이인칭 대명사, 또는 그 자리에 없는 웃어른을 높여 일컫는 제삼인칭 대명사라고 되었다.

아들자 자(子字)는 논어(論語)에서 제일 많이 사용되었다. 공자의 존칭부터 문하의 사과십철 제자들에까지 자(아들子字)를 부처 존칭으로 썼다. 또는 선생, 그대라고도 사용했다.

논어 자장(子張) 편 25장을 보면 진자금(陳子禽)이 자공(子貢)에게 말하였다.

진자금, 위자공왈 자위공야. 중니기현어자호. (陳子禽이 謂子貢曰 子爲恭也언정 仲尼豈賢於子乎)리오라고 했다. "자네가 (스승을)공경할지언정 중니(仲尼는 공자의 字)가 어찌 자네보다 낫겠는가? 여기에서 자(子)는 그대라고 해석 된다.

자공과 진자금은 다 같은 공문의 제자라고 하는 분도 있고, 진자금은 자공(子貢)의 제자라고 한 자도 있다.

조선조 500년은 사서삼경 중 논어를 지표로 생활을 하여 그 단어를 지금도 우리 생활에 많이 사용하고 있다.

자자(子字)를 수필 또는 연설문에서도 간혹 당신이라고 하는 글을 흔히 볼 수 있다.

당신이란 말은 많이 쓰고 있지만 현재는 지방마다. 그 뜻은 조금씩 다르게 하고 있다. 당신이란 말이 영남은 평등 이하의 아래 사람에게 만 사용한다. 제일 많이 사용하는 곳이 부부사이다.

영남은 같은 친구 사이라도 듣는 이가 불쾌하게 받아들인다. 그러므로 평등이하로 여기므로 잘 사용하지 않는다.

이 언어는 아무리 부모가 그 좌석에 없더라도 '당신'께서 라고 부르는 것은 영남의 정서로서는 유연성이 부족한 언어라고 생각된다. 심지어 이 언어가 일본에서 건너왔다는 학자도 있다.

과거에 존칭어였던 언어가 지금은 인플레가 되어 듣기가 거북한 언어가 된 것이 많다. 과거 60년대 이전만 해도 비석과 상석에 학생이라고 썼고, 선생(先生)이나 처사(處士)라고 쓰는 상석(床石)과 비석(碑石)을 볼 수 없었다. 그러나 요즘은 비석과 상석에 처사, 선생이라고 쓰고 학생이라고 쓰는 사람이 없다. 자네나 당신이란 글자도 자자(子字)에서 나온 존칭(尊稱)어의 말이지만 인플레가 되어 요즘 정서로는 듣기가 거북하며, 선생,

사장님으로 통용되는 시대가 되었다. 그 시대문화에 따라 언어도 변하고, 인플레가 되고 있다는 것을 잘 알 수 있다. 따라서 자네는 귀공(貴公)이다.

2011년 6월 3일

비석(碑石)과 표석(表石)의 정의

사서삼경에는 그 시대 왕의 이름이 있으면 휘명(諱名 : 선조의 이름자를 바로 부르지 않음)을 했다. 그에 따라 이름은 임금, 스승, 부친만이 부를 수 있는 풍속이 생겼다.

개망나니 같은 요즘 시대도 그 풍속이 지속 되어 초등학생에게 부친의 이름을 물으면○자○자입니다. 라고 대답한다.

지금은 가족묘지 공원묘지로 인해 와비란 새로운 문화로 인해 선조의 이름을 거리낌 없이 써넣고 있다.

묘비(墓碑)는 죽은 사람의 신분, 공적(功績) 등을 알리기 위해 무덤 앞에 세운 빗돌의 총칭이다. 옛날에 선조들의 묘 앞에 비를 세우는 것은 가문의 큰 경사가 아닐 수 없다.

비명(碑銘)은 유학의 예를 근본 삼아 겸손의 의식(儀式)에 따랐다.비명을 쓸 때는 높임말을 줄이고 자신을 낮추는 형식을 취해 남에게 사망자의 공적(功績)을 소개했던 것이다.

따라서 묘비를 설치할 때 벼슬을 했으면, 벼슬 직위를 쓴 후 선생 또는 님 자와 같은 높임말을 될 수 있으면 쓰지 않고, 성함만 썼고, 못한 사람은 학생○○이란 성명만 써서 자신을 낮추어 겸손함을 나타냈다.

하물며 퇴계선생 같은 학덕이 높은 분도 선생이란 칭호(稱號)를 쓰지 않고 도산서원에 늦게 물러나 은거한 진성이공의 묘(墓) "퇴도만은진성이공지묘, (退陶晚隱眞城李公之墓)"라고 하여 자신이 직접 비명을 써놓았던 것이다.

벼슬을 못한 사람은 학생 김해김씨 길동지묘(學生金海金氏吉同之墓)"라고 했고, 뒷면에 일생동안 쌓아 온 공적을 기록 했던 것이다. 60년대 이전만 해도 묘(墓)는 통상적으로 단독 묘지를 생각했다.

가족묘지와 공원묘지 같은 것은 생각지도 못했던 시대였다. 땔감이 부족하여 연료를 산의 나무에 의존해서 산이 벌거숭이가 된 시대였다.

박정희 대통령께서 해마다 묘지가 산의 면적을 잠식함으로 인한 현상을 줄이기 위한 정책의 일환으로 시행한 산림보호의 하나인 것이었다.

그러나 국민들은 풍수지리설과 선조들을 한 묘지에 공동으로 모실 수 없다는 인습에 따라 시행하는 사람은 극소수였다.

매장문화로 인해 점차 묘지 부족과 명당을 찾아 풍수지리설에 의한 묘를 더 설치할 수 있는 곳이 없어져 갔다. 80년대 전후부터 공원묘지와 가족묘지가 자연적으로 점차 늘어나게 되었다. 이에 따라 간단한 신분 확인을 위해 표석(表石)을 많이 설치하게 되었다. 60년대 이전만 해도 가족묘지와 공원묘지는 이름조차 없었던 시대다. 요즘은 시대가 변하여 단독묘지에서 가족묘지! 공원묘지를 설치하게 되었다.

후손들이 선조들의 공덕을 나타내기 위한 비석(碑石)을 설치하는 것과 묘를 찾기 위해 간단한 표석(表石)을 설치하는 것에 따른 뜻이 크게 달라진다는 것에 유의 하지 않아 혼란을 빚고 있다.

요즘 많이 설치한 공원묘지와 가족묘지에 타인이 와서 남의 가족묘 표석을 찾는 일은 거의 없다. 찾아오는 사람은 후손뿐이다. 공원묘지, 가족묘지는 후손들이 표석이 없으면 찾을 수 없다.

세대가 바뀌면 조상의 묘가 어느 것인지, 누구의 묘인지조차 구분 할 수 없게 된다. 그래서 묘에는 반드시 표석이 필요하게 된 것이다.

후손 앞에 세운 높임말 없이 "김해김씨 길동의 묘(金海金氏吉同之墓)"라고 된 표석(表石)이 있다면, 이와 같은 표석은 참배 온 후손이 아들 묘의 표석 앞에 선 문장이 된다. 아버지가 아들 제사 지방(紙榜)을 쓸 때 '죽은 자식 길동의 신위 "망자길동신위(亡子吉同 神位)"라고 한 것과 같은 뜻이다.

높을 현(顯)자와 마을의 큰 어른이란 "부군(府君)"과 같은 높인 말의 글자를 쓰지 않은 지방(紙榜)과 같은 문장 방식이다.

사망자의 공적을 알리기 위한 비석 같으면 이 비명(碑銘)의 문장 방식이 맞다.

위패를 대신 한 표석이라면 이 문장은 크게 잘 못 되어 욕이 된다. 비석은 근대에 오면서부터 선생, 처사라고 썼고, 학생(學生)이라고 쓰는 비석과 상석을 찾아보기 어려워졌으며, 요즘은 처사라고 다 쓰고 있다.

비석은 반드시 자신이 쌓아온 공적(功績)을 나타내기 위한 것이므로 남에게 소개 할 때 낮추어 겸사(謙辭)를 사용하는 것이 원칙이다.

장례문화가 바뀌어 옛날에 없던 공원묘지와 가족묘지 시대가 되어 비석을 설치하는 예는 소수가 되었으며, 또한 기제사를 묘시지 않고 명절에 제수를 장만 해 무덤 앞에서 묘사만 지내는 후손도 많다.

이때는 표석이 지방(紙榜)과 같은 역할을 한다.

후손들이 '선조 지방을 아우나 아들지방'과 같이 쓴 것이 된다. 장례문화가 변해 비석이 아닌 표석(表石)을 세울 때는 반드시 님 자와 같은 높은 말을 넣지 않으면 큰 욕이 된다.

묘 앞에 비를 세울 때는 공적(功績)비와 표석(表石)을 반드시 구별 해 비명을 써야 한다.

2015년 1월 19일

과다노출(過多露出)과
유교(儒敎)의 경지

8월 문턱에서 불볕더위가 연이어 계속된다. 기온이 올라갈수록 젊은 여성들의 과다노출이 점점 더 심해지고 있다. 찜통더위에 과다노출 복장은 옷이 가벼워서 정장보다 더 시원해서 합리적이다. 제3자가 보기에도 무거워 보이고 갑갑한 의상보다 가볍고 시원 해 보이며, 각선미 또한 아름답다.

지나친 신체 노출은 특히 남학생 또는 젊은 남성들이 볼 때 시원한 각선미 이외 생명의 본능적인 성적 욕구를 일으킬 수 있다.

다 같은 여성이라도 나이가 많아갈수록 노출이 점점 줄어드는 것을 보면 꼭 무더위를 피하기 위한 것만이 아닌 것 같다.

나이가 많아지면 오히려 혈기가 줄어들어 겨울 혹한이나 여름 불볕더위에 신체적 지구력이 약해져 기온의 체감을 더 느낄 수 있다. 다른 측면에서 보면 옷의 길이가 길어진다는 것은 늙어지면 하체의 탄력성이 자연적으로 줄어들고 피부마저 윤기를 잃게 되어 미적 감각이 떨어지게 마련이다. 그래서 노쇠해져 보기 흉해지는 단점을 은폐하기 위한 것이라고도 볼 수 있다.

특히 미혼여성들의 과다노출이 심한 것은 자신이 젊고 생기가 넘친 피부는 물론 미적인 장점을 들어내기 위한 수단이라고 볼 수 있다. 여름철 과다노출은 젊은 여성들이 하나의 피서 방법이라고 보더라도 간혹 겨울철에도 속옷 같은 짧은 바지를 입고 거리를 활보하는 것을 볼 때 무엇을 뜻하는지 의문이 든다.

이래저래 과다노출은 각선미도 좋지만, 한편으론 남성들의 성적 본능을 일으키는 불쏘시개 같은 역할을 할 수 있다.

그렇지 않아도 요즘 성추행, 성폭력사건이 빈번한데다 심지어 이로 말미암아 살인사건까지 연관되고 있어 뜻있는 사람들은 과다노출이 성적 본능에 의한 범죄를 유도한다고 지적하고 있다. 보는 시각에 따라 다르겠지만 "이것이 의상의 올바른 것인지 한 번 생각해 봐야 하지 않을까?"

과다노출로써 복잡한 대중교통 내에서 승객들이 이성 간에 서로 피부를 접촉하고도 아무런 감각이 없다면 이는 생리적으로 성적 장애인이거나, 늙어서 심신이 퇴화되어 성의 본능적 기능을 할 수 없는 사람일 수 있다.

그렇지 않으면 불교에서 말하는 열반(涅槃)의 경지에 든 자이거나, 유교(儒敎)에서 극기(克己)를 넘어 도(道)의 경지(境地)에 이른 자만이 할 수 있는 것이다.

불교의 최고 경지는 열반(涅槃)이지만, 유교(儒敎)는 논어(論語) 위정편(爲政篇)에 공자는 칠십이 종심소욕불유구(七十而從心所欲不踰矩)라고 했다. "일흔 살에 마음에 하고자 하는 바를 따라도 법도를 넘지 않는다."라고 했다.

불교와 유교의 최고 경지(境地)에 이르진 못해도 입문(入門)하려면 인간의 본능적인 오욕칠정을 절제하려고 노력하는 것은 기초적인 수행(修行)의 길 중의 하나이다.

2011년 4월 21일 황모 판사가 출근길에 지하철 내에서 성추행을 하다가 경찰에 적발되어 조사를 받고 사표를 냈다.

또한, 2012년 5월에 불교 조계종에서 성호 스님이 고위직 스님들이 룸살롱을 드나들며 음주, 도박, 성매매, 등을 한 것을 고발한 사건이 있었다.

판사의 직책과 같이 모든 사리판단의 분별이 명확한 지식층이 이러한 잘 못을 범할 수 있었고, 또한 1~2년도 아닌 수십 년을 면벽(面壁)하며 수도생활을 한 스님들도 오욕칠정에서 벗어나지 못하였다.

평범(平凡)한 중생(衆生)들은 심심이 퇴화되어 생리적성이 제 기능을 할 수 없는 자가 아니면 성적본능에서 벗어나기 어려운 것이 정상적이라고 할 수 있다. 스님들은 산사에서 면벽(面壁)하며 산문(山門) 안에서 생활하므로 정신적으로 사물(事物)과 격리된 것과 마찬가지이므로 모든 유혹(誘惑)에서 벗어나기가 쉽다.

그러나 일반 대중들은 과다노출(過多露出)과 같은 유혹 속에서 일상생활을 하므로 평생을 수행한 스님보다도 더 정신적 수양을 쌓아야 할 것 같다.

그렇지 않으면 유학에서 극기(克己)를 넘어 도(道)의 경지에 이른 자만이 정상적인 일상생활을 할 수 있는 것은 유학(儒學)이 아니라 유교(儒敎)의 경지에 들어가야 할 것이다.

불볕더위 속에서 과다노출이 편리하다고 하지만 이것이 정상적인 의상인지 다시 한 번 생각해 보자!

2012년 8월 10일

학행일치와 예학에 밝은
의재(毅齋)선생

유교의 인물을 거론하면 나라를 망하게 한 사상(思想)이라고 요즘 신세대들은 먼저 거부하는 선입감부터 가지고 있다. 그러니 심지어 "공자가 죽어야 나라가 산다." 라는 책이 나올 수밖에 없다.

이것은 유학(儒學)의 창시자인 공자 사상의 근본적인 뜻의 핵심을 잘 알지도 못하면서 하는 생각이다. 이렇게 되기까지는 공자사상(孔子思想)을 이어받은 후대의 학자들이 근간(根幹)의 사상을 어기고 과잉충성으로 오도해 빚어진 잘 못 된 부분도 많다.

따라서 학자들은 먼저 공자사상 근본의 진의부터 확실히 연구해 알고 잘잘못을 가려야 하는 것이 선결문제이다.

여기에 공자 수신(修身)의 사상을 몸소 실천한 선생이 있었으니 성은 여주 이 씨로서 휘(諱)는 종홍(鐘弘)이요 자는 도유(道唯)이며 호는 의재(毅齋)이다. 고성군 구만면 신계리 202번지에서 1879년 구한말에 태어나시어 1936년에 별세 하셨다. 선생께서는 뛰어난 재질과 자강불식(自强不息)의 수신(修身)으로 젊어서는 함안의 일가 신암(信菴) 이준구선생과 합천 노백헌(老栢軒) 정재구 선생에게서 배웠고, 충청도 약재(約齋) 송병화 선생으로부터 의재(毅齋)라는 호를 받았다.

당대의 명현 전간제(田艮齋), 곽만우선생과 심성리기설(心性理氣說)을 강론(講論)하였다. 선생께서는 고성군 구만면 효락리 뒷산 깃대봉 9부 능선에 있던 냉천서당(冷泉書堂 6·25 사변 후 유실되었음)에서 1916년부터 약 20년 간 후학들을 길러내어 남부지방의 유학(儒學)을 크게 발전시켰다. 그 대표적인 제자 중에서도 정헌 곽종천 선생은 냉천서당을 이어받아 많은 문하생들을 길러내어 지금 그 후예들이 이 사회 각처에서 많은 역할을 하고 있다.

의재 선생은 천성이 온화하여 학행이 일치하며, 예의 도덕뿐만 아니라 상례에는 남부에서 손꼽을 정도라고 알려졌다. 공자

사상의 배움을 반드시 몸소 실행함을 가장 소중히 여기셨다. 특히 선생의 의재(毅齋)라는 호와 같이 때와 장소를 가리지 않고 단 촌음이라도 자신이 외물에 사역(外物使役)되지 않기 위해 독실하게 굳게 재계한다는 뜻과 같은 자강불식(自强不息)으로 생활하셨다.

선생의 이러한 생활은 후손과 제자들에게도 이어져 현재 손자 부산대학 전 교수 이병선 박사와 동생, 본 대학 제1도서관 함장실 이병혁 박사 형제에게서 선생의 체취를 조금이라도 느낄 수 있다.

선생은 1919년 3·1 독립을 의거할 때 통문을 지어서 동리마다 돌렸으며, 독립선언문을 지어 당일 군중 앞에서 읽게 하였다. 그리고 항일 충절의식을 높이는 시문을 많이 남겼다.

세대가 바뀌어 100여년이 지난 오늘날 서구의 문물이 넘쳐나고 있으나 지금도 이곳에서 교육을 전수해 오던 문하생의 후손들이 각처에 흩어져 있어도 선생의 그 때 스스로 힘써 쉬지 않고수신하시던 정신과 윤리도덕의 언행이 전래되어 흐르고 있음을 느낄 수 있다. 따라서 윤리도덕이 추락한 현세에 각처에서 빛과 소금의 역할을 하고 있다.

그 후예들로 인해 미풍양속이 조금이라도 남아 미약하나마 혼탁한 이 사회에 버팀목이 되고 있다.

대표적 인물로써 손자 이병선 박사는 부산대학에서 오랜 교수생활을 하고 많은 저서를 남겼고 부산시문화상과 5·16민족문화상, 대통령표장 등을 받았으며, 동생 이 병혁 박사는 부산대학에서 교수생활을 하다가 정년퇴직 후 많은 도서를 본 대학에 기증하고, 현재는 동 대학의 제1도서관에 함장실이라는 도서실에서 지금도 관리를 하며, 부산시문화상, 대통령표장, 대만중흥문예상표장을 수상했다.

또한 증손자들도 선생의 뜻을 이어 학문에 심취 해 6박사와 4교수가 되어있다. 선생의 저서에는 문집 8권 4책과 3권의 별책이 있다.

속집 및 호행일기 원고와 각종 문서 등은 선세문적과 함께 유실되었고 일부만 남아 부산대학 도서관에 보관 되어 있다. 선생의 학문은 한국정신문화연구원간 『한국민족문화대백과사전』과 『한국인물대사전』및 연세대, 성균관대, 부산대, 영남대 등 각 대학의 출판물과 독립운동사 외, 각종학술지와 언론사에 실려 빛을 발휘하고 있다. 이렇게 공자의 사상을 수신으로 몸소 실행하여 그 뜻이 1세기가 지난 지금까지 후대의 문하생을 통해 이어오는 것은 무엇과도 바꿀 수 없는 선생의 수신(修身)정신이

흐르고 있기 때문이다.

후손들이 다 고향을 떠나 외지에 흩어져 살게 되어 선생의 유적이나마 남기고자 이 마을 앞에 2010년 11월 15일에 작은 비석을 세웠다. 부패해 외물사역(外物使役)에 인간 본성을 잃고 있는 요즘에 선생의 자강불식 정신이 더욱 필요한 시대이다. 뜻 있는 후예들은 의재(毅齋)라는 호와 같이 이 작은 비석에서부터 점화되어 다시 선생의 학행일치된 자강불식(自强不息)의 수신(修身)정신이 온 누리에 불타오르기를 바란다.

2011년 2월 28일

상조익비왈당(相助匿非日黨)

(비리를 서로 숨겨주는 것이 당이다.)

논어 술이편(述而篇) 30장 주석(註釋)에 당(黨)이란 '상조익비
왈당 (相助匿非日黨)'이라! 고 했다. 서로 도와 비리를 숨겨주는
것이 당(黨)이라고 했다. 지금 한국국민은 정당정치가 아니라
영(嶺), 호남(湖南) 지역과 좌, 우파의 이익을 위해 비리를 서로
숨겨주는 정당이다.

민주당은 세월호정권이 되어 사고를 당한 학생 1인당 8억을
지급하고도 특별법까지 만들어 각종특혜를 받고 5,18사태, 유
공자가 아닌 자도 유공자로 등록해 특별대우를 받고도 명단을

공개할 것을 몇 번을 요구해도 사생활 보호라는 명분을 내세워 공개를 않고 있다. 목포에서 손혜원 의원이 국민에게 대임(代任)받은 권한으로 자신의 사익을 취하는데 사용한 것을 민주당이 목포발전을 위해 노력했다고 비리를 숨겨주었다. 지금 조국 장관 비리, 불법, 딸 위장 학위증, 위장논문, 3호 펀드, 웅동학원 등은 2019년 정기국회의 민주, 한국당이 쟁점이 되었다. 국민도 여기에 대해 2개 파로 갈라져 매주말마다 광화문과 서초동 검찰청사 앞에 200~300만 명이 집회를 하고 있다.

사전(辭典)에는 공(公)이라는 공평할 공(公)자는 사사로움이 없는 것을 말한다. 공적(公的)인 것은 사회나 국가에 관계되는 일을 사사롭지 않게 한다고 되어있다. 또한 봉사(奉仕)는 국가나 사회에 남을 위해 자신을 돌보지 않고 힘씀을 말한다. 장관 또는 국회의원의 책무가 상기 의무(義務)와 같은 신분의 뜻을 모르는 장관, 국회의원은 없을 것이다. 입법의원의 책무가 손의원 같이 부동산 개발예정지를 사사로이 매수하는 것이 국회의원이 할 수 있는 것이 아니다. 목포의 문화발전을 위한다면 국회에 상정부터 먼저 해야 할 것이다. 사익을 위해 사전(事前)에 부동산 매수를 해 놓은 뒤에 상정한다는 것은 공익과 지역발전을 위해 봉사를 한다는 것이 아니라 국회의원 직위를 이용해 사익을 취한 것이다. 그러나 민주당 대표가 기자회견장에 따라 나와 손 의원비리를 옹호하는 형상을 취해 준 것이다. 조국법무장관도 국정의 책임의 신분으로서는 야당이 열거하는 불법, 비리, 반측이 너무 많다. 오늘날 우리국민이 생각하는 정당을 보면 2,300년 전 논어(論語)에서 당을 논한 뜻과 같다는 것을 알 수 있다.

공자사상(孔子思想)을 신주처럼 철저히 믿고 행하던 조선시대 유학자들도 500년 간 당파싸움으로 나라를 요절나게 한 때가 한 두 번이 아니다.

대표적인 예로 임란(壬亂) 전에 일본 사신(使臣)을 다여 온 서인 정사 황윤길은 일본이 침략 할 것 같다고 했고. 동인 부사 김성일은 침략할 기미가 없다고 보고 했다.

보고가 상이 할 때는 정사의 말을 따르는 것이 예지만 집권당이 된 동인은 정사의 보고를 무시했다.

당파가 이렇게 나라에 해를 끼칠 때가 많았다. 8, 15광복 후 현대화 된 정당이 등장하면서 자유당의 부정부패를 비롯해 공화, 민정, 민자, 민주, 열린우리, 한나라 당, 더불어민주당, 자유한국당을 보면 다 서로 밀어주고 당겨주어 인맥을 형성하고 부정 비리를 서로 숨겨주고 있었다. 국가보다 정당을 정당보다 자신의 영달을 위해 할 수 있는 일은 다 했다. 국회개원과 동시에 각 정당의 이익을 위해 멱살을 잡고 삿대질, 욕설, 고성이 난무했다.

예산 심의를 할 때도 다음 선거에 표를 의식해 선심성 예산을 편성해 장차 국가가 부도가 나든 망하든 자기들만 하고 물러나면 그만이란 생각을 했다.

장차 백년대계를 위한 예산편성보다는 당의 다음 집권을 위한 심의 관계로 예산이 제때에 통과되기 어려웠다. 서울시 교육계의 무상급식과 부분급식관계로 민주당과 한나라당 오세훈시장이 시장자리를 걸고 투표를 한 결과 투표율 미달로 오 시장이 사표를 낸 내면에도 무상급식이란 예산이 결부되었다.

정치한다는 것은 공인으로서 살신성인(殺身成仁)의 정신으로 국가와 공익을 위해 봉사하는 것이다. 광복 후 지금까지 우리 정치인들 중 훌륭한 분들이 있었다. 그러나 국민은 안철수 같은 50%로의 지지를 받으면서 단 5%의 지지를 받는 박원순 시장에게 양보한 이후부터 국회가 멱살을 잡고 시장 잡배와 같은 행동이 좀 줄어들었다. 안철수가 정치의 성공은 미지수지만 우리정치판을 한 격 높인 것은 분명하다.

유학에서 군자(君子)는 편당(偏黨)을 짓지 않는다고 했다. 논어(論語) 학이(學而)편 주석(註釋)에 "군자는 덕을 완성한 자의 명칭이다. '군자, 성덕지명 (君子는 成德之名)"이라고 했다. 조선시대에 내로라하는 유학(儒學)자들도 정치에 발을 들어 놓으면 당파에 가담 안 한 자를 보기 어렵다. 자칭 송자(宋子)라고 한 송시열 같은 대학자도 당파에 가담해 끝내는 제주도에 유배되어 귀향길에 정읍에서 사망한 것을 보면, 당파 없이 정치하기란 어려운 것 같다.

정당 없이 정치하는 것은 성인(聖人)의 정치이다. 정치란 정당과 자기 자신의 사익보다 나라의 공익을 위한 것이 군자정치(君子政治)의 이상(理想)이라는 것을알 수 있다. 우리 정치 현실의 진흙탕 속에서 군자(君子) 꽃이 피어날지 의문이다.

대학 서문(大學序文)에 이런 글이 있다.

"자양서문, 기불운호, 일유능진 기성자, 천필명지, 이위억조지군사, (紫陽(주자)序文에 豈不云乎아 一有能盡其性者면 天必命之하사 以爲億兆之君師)라 고 했다. 주자(朱子) 서문에 말하지 않았는가, 한사람이라도 그 본성을 다한 자가 있으면 하늘이 반드시 명하여 억 조 만백성의 군주(君主)와 스승으로 삼는다." 고 했다.

안 전대표가 정치를 그만 둔다 해도 한국정치의 진흙탕정치 정서에서 큰 획을 긋고 청량제를 불어넣은 것은 틀림없다.

2011년 10월 13일

(부산일보 정당을 격파하는 안철수 바람 칼럼, 인용)

질적예지본(質的禮之本)

천안함 유족의 질적 슬픔

2010년 3월 26일 백영도 근처에서 천안함이 북의 폭침사고로 104명 중 40명이 사망하고 6명이 실종되었다. 유족들의 그 슬픔은 의식 절차를 가릴 겨를이 없었다. 그런데 당시 조현오 경찰청장 후보자가 "선진국 국민이 되려면 격이 높게 슬퍼할 줄 아는 것도 필요하다. 동물처럼 울고불고 격한 반응을 바로보이는 것을 보도해선 안 된다." 이 말은 조현오 경찰청장후보자가 간부 교양강좌에서 한 말이라고 했다. '조후보자의 생각은 의식화(儀式化) 해 격식을 갖추지 못한 상태를 그대로TV화면에 방영한 것은 잘 못이라는 뜻이다.슬픈 표현을 여과 없이 감정 그대로 나타낸 것을 말한 것이다. 또한 유족들은 애통 속에 상례 의식을 갖출 겨를이 없었을 것이다. 이 두 가지 일은 다 똑 같이 격식을 갖추지 못한 의식의 표현에 기인한 것이다. 천안함 유족 들이 사망자에 대한 그 슬픔을 감정 그대로 나타낸 것이나, 조 후보자가 유족들의 상(喪)에 대한 의식(儀式)이 없음을 보고 슬 픔에 대한 절제를 못 함을 표현한 말이나 똑 같다. 조 후보자는 임명동의안의 청문회를 앞두고 있는 공인이다. 각 언론에 의해 세론(世論)에 훼자되어 국회동의안이 어려울 것 같다 고 했으나 통가 되었다.

우리나라는 상(喪)에 대해 고려와 조선시대부터 유교에 의한 의식화(儀式化)가 되어 왔다. 천안함의 폭침 사고에 유족들의 본질적 애도에 대해 언론매체의 보도를 보고 격식이 맞지 않다 고 생각했을 것이다. 그러나 자제(子弟)의 죽음 앞에절제를 잃 은 유족들은 하늘이 무느지는 것 같은 슬픈 감정에 의식을 갖출 겨를이 없었을 것이다. 이 상황에서 동물처럼 울고불고 운운하 는 것은 공인으로서 지나친 말이다.

맹자(孟子)는 범물지리, 필선유질이후유문, 즉질내예지본야, (凡物之理는 必先有質而後有文하니 則質乃禮之本也)라! 했다. "모든 사물의 이치는 반드시 먼저 질이 있은 뒤에 문식(文飾)이 있는 것이니 그렇다면 바로 질이 예의 근본이다." 라고 했다. 또한 논어(論語) 자장(子張)19편14장에는 자유(子游)왈, 상, 치호 애이지(子游曰 喪은致乎哀而止)니라, 고 했다. 자유(공자제자)가 말했다. 상(喪)은 슬픔을 극진히 할 뿐이다. 라고 했다. 자유는 공자제자로서 4과 10철 중 문학에 속한 사람이다. 이상의 글에서 "상례(喪禮)의 근본은 의식보다도 질이 우선된다." 고 되어있다. 우리는 언제부터인지 모든 예에 절문(節文)이 의식화가 우선시 되어 행해지고 있다. 조 후보자가 예의 근본을 먼저 알았으면 그런 발언이 없었을 것이다.

2010년 8월 18일

요·우·순(堯舜禹)의 유교사상(儒敎思想)

유교사상(儒敎思想)의 덕목은 수신(修身)에서부터 치세(治世)에 이러는 것이다. 치세의 태두는 요·순·우(堯舜禹) 3명의 임금님으로부터 시작된다.

치세(治世)를 근본삼은 것은 천지인(天地人)을 바탕에 둔 천성(天性)의 사상이다. 요임금은 9남 2여를 두었지만 그 많은 자녀에게 양위를 하지 않고 순임금에게 양위(讓位)를 했고, 순임금도 아들이 있었지만 우임금에게 양위를 했다. 요임금이 양위하면서 한 말은 단 윤집기중(允執其中)이라는 이 한마디였다.

논어(論語) 20편(篇) 1장(章)에 있는 윤집기중(允執其中)이다. "진실로 그 중앙을 잡으란 뜻이다." 그 말씀은 2500년을 내려오면서 현세의 헌법보다도 더 중하게 여겨왔다. 사서삼경(四書三經)의 핵심인 수신(修身)을 해 치세의 중심을 삼아 공자사상의 원류가 되어 2300년을 아세아 제국을 통치해 왔다.

요즘 국정운영이 진보 보수 뿐 아니라 지역감정에 계파까지 나열되었고 또한, 남북이 대립된 위에 핵으로 인해 북미관계에 좌우되고 있다.

보수는 세월호정부를 북의 정은이와 가깝다고 했지만 현실정치는 북과 상호간에 괴리가 가장 큰 정책을 펴고 있다.

60년대의 동서냉전 시대는 미, 구소련이 세계를 지배했다. 구소련이 공산당이 무너진 후 중국이 러시아보다 세계에서 더 영향력을 가진 강대국이 되고 있는 것을 잘 알 수 있다.

중국은 개방화를 하고 있지만 아직도 공산당에 의해 많은 통제(帝制)를 하고 있으며, 그에 따라 놀랄만한 성장을 했다.

만약 한국의 민노총 산하와 같은 각종단체가 있었다면 아직도 한국의 60년대를 벗어나지 못 했을 것이다.

그것을 보면 너무 지나치게 앞서가는 민주화도 국가 발전에 해악을 기칠 뿐만 아니라 국정운영에 장애를 초래한다는 것을 알 수 있다. 경제발전이 되고 국민소득이 올라가면 자연적으로 민주화는 되는 것이다.

세월호정부가 국세를 가지고 다수의 민의를 수용한다는 것은 좋지만 앞으로 그에 따라 과도한 재정지출로 인해 유럽경제와 같은 위기를 초래 할 수 있다. 경제는 공짜가 없으며, 노력한 만큼 얻을 수 있기 때문이다.

정부는 북의 기아선상에 있는 어린이를 위해 800만 불을 지원했다. 2017년 북은 초콜릿, 맥주 수입이 전년에 비해 두 배로 늘어났으며, 중국과 무역관계도 7%가 늘어났다고 한다.

많은 핵개발자금 부담을 안고도 경제발전을 했다는 것은 북과 같은 제재(制裁)를 가하는 것이 국가발전에는 도움이 된다는 것을 증명 할 수 있다.

경제발전만 본다면 민주화가 넘쳐 뗏법의 정의보다 낫다는 것이 증명된다. 민주당은 도에 넘치는 민주화촛불에 치우쳐 정의가 편벽 된 사회를 만들고 있다.

따라서 국가 경쟁력을 떨어트렸고, 인성이 소멸되어 가고 있어 민주화는 오히려 공정성이라는 사회질서에 배치되고 있다.

5·18의 희생자에 대해서는 보상이 있어야 하지만 꼭 특별법까지 지나친 법을 제정해야 할 필요는 없고, 세월호에 대한 특별법은 불꽃의 편파적인 도를 넘는 불공정한 사회를 만들게 되었다.

이러한 사회는 각박한 인성(人性)으로 변해 살기 어려운 반칙 사회를 만들어 oEcd국가 중 자살자가 가장 많은 국가가 된 것이 이를 증명한다.

북은 핵 때문에 국제적으로 경제통제를 받으면서도 핵실험과 경제발전을 한 것은 촛불과 같은 정의가 아닌 뗏법의 민주화가 없었기 때문이다.

만약 세월호정부가 북과 대화를 해도 촛불의 도를 넘는 치우친 국민의 요구를 다 들어주는 정치와통제를 수단으로 삼는 북의 정치와는 괴리가 너무 커있다.

대화로써 통일이 되어도 극과 극이 될 수밖에 없다. 정은이가 물러나지 않는 한 적화통일이 될 수밖에 없다.

오히려 귀족노조의 구조조정, 공무원의 연금개혁, 최저임금의 하한선 등을 추진한 정책을 펴온 자유한국당이 제재라는 측면에서 본다면 북과 더 가깝다.

가정의 가족과 국가의 국민이 분수를 초월한 미래의 계획 없는 채무를 지고 무책임하게 퍼주기를 하는 정치는 누구나 할 수 있다.

가정의 미래를 위해 절약하는 가장(家長), 또는 국가의 앞날을 위해 모든 국민에게 구조조정을 요구하며, 고통분담을 호소

할 수 있는 통치자가 돼야 미래에 국가의 희망이 있다.

국가의 앞날을 생각한다면 고임금인 귀족노조의 기업은 고임금을 깎아서 채용인원을 늘려야 하는 것이 세월호통치자가 해야 할 이론에 맞는 정책이다. 국가의 훗날을 책임지지 않고, 국세로 고용을 늘리는 것은 망국으로 가는 길이다.

2017년 탈북자가 886명이 행방불명이라고 했다. 그 중에는 북으로 돌아 간 자도 있을 것이고 남에 숨어 적화통일 운동을 하는 자도 있을 것이다.

정부에서 탈북자의 신상파악이 잘 안 된 자가 있다는 것은 대공관계를 폐지한 것과 마찬가지다. 탈북자 대우를 소홀히 해서 회귀 했다고 하나, 북이 옛날처럼 못 살지 않는다는 것을 알 수 있다.

적색 사상이 있다고 해도 남쪽보다 살기 아주어렵다면, 가라고 해도 안 갈 것이다. 거기다 800만불을 준다는 것은 쇼와 코미디 같은 정책이다. 세월호정부는 북 핵 뿐 아니라 경제정책도 너무 편행돼 있다. 2,500년을 치세해온 윤집궐중(允執厥中)이라는 중도의 치세 철학을 되새겨 보아야 할 것이다.

2018년 9월 26일

왜! 孔子는 老子에게
예를 물었나?

論語 팔일(八佾)편 8章에 자하(子夏)문왈 교소천혜, 미목반혜,
소이위현혜, 하위야, (子夏問曰 巧笑倩兮여 美目盼兮여 素以爲
絢兮라하니 何謂也)잇고 子夏가 물었다. "예쁜 웃음에 보조개
가 예쁘며 아름다운 눈에 눈동자가 선명함이여! 흰 비단으로 채
색을 한다.`하였으니, 무엇을 말한 것입니까?"

주석(註釋)素以爲絢 : 본래의 뜻은 흰 비단에다가 채색을 加
한다는 내용인데, 자하(子夏)는 흰 비단으로 채색을 한다는 것
으로 잘못 알고 의문한 것이다.

이상의 문장만 보아서는 초보자나 학자들도 3~4번을 읽어서 무엇을 말하는지 알아들을 수 없는 질문이고, 동문사답과 같은 구절이다.

주석(註釋)은 차(此), 일시(逸詩)야, 천(倩), 호구보야, 분은 목(目)흑백분야, 소(素), 분지, 화지질야, 현(絢), 채색, 화지식(飾)야, 언(言)인유차(此)천분지미질, 이우가이화채지식(華采之飾), 여유소지(素地)이가채색야, 子夏의기반위이소위식, 고, 문지, (此는 逸詩也라 倩은 好口輔也요 盼은 目黑白分也라 素는 粉地니 畵之質也요 絢은 采色이니 畵之飾也라 言人有此倩盼之美質하고 而又加以華采之飾이니 如有素地而加采色也라 子夏疑其反謂以素爲飾이라 故로 問之)하니라

이것은 逸詩(詩經에 빠진詩)이다. 倩은 口輔(보조개)가 예쁜 것이요, 盼은 눈동자에 黑白이 분명한 것이다. 素는 분칠을 하는 자리이니 그림의 바탕이며. 絢은 채색이니 그림의 꾸밈이다. 사람이 예쁜 보조개와 흑백이 분명한 눈동자의 아름다운 바탕을 가지고 있고. 또 화려한 채색의 꾸밈을 더하는 것이니, 마치 흰 바탕이 있고 채색을 더하는 것과 같음을 말씀한 것이다. 子夏는 도리어 "흰 비단으로 채색을 한다."고 말한 것으로 생각하였으므로 물은 것이다.

이상의 글을 주석으로서 이해하려면 더 어려워 무엇이 무엇인지 알 수가 없다. 공문(孔門) 10철 중 문학 분야의 시(詩)에 능통한 자유도 잘 못 알아듣는 것을 학자들이 알았다면 유능한 선비다. 간단히 말하면 사람을 대할 때 얼굴빛을 온화하게 한 보조개의 웃는 형상을 말한 것이다. 원문과 같이 사람을 처음 대할 때 예쁜 보조개의 웃음과 흑백이 분명한 아름다운 맑은 눈동자로 흰 비단에 채색을 더한다는 것 같이 한다는 것이다.

자왈 회사후소(子曰 繪事後素)나라 공자께서 말씀하셨다.

"그림 그리는 일은 흰 비단을 마련하는 것보다. 뒤에 하는 것이다.

필자의 해석은 상대가 달갑지 않은 사람이건 원한이 있는 사람이건 마음을 비우고 백지(忠信 : 진심을 다하고 거짓이 없음)상태에서 대하는 것이 겸손(謙遜)의 기본인 예(禮)를 표하는 방법으로 해석한다. 시경(詩經)같이 은유적인 정서적이지 못하고 직설적인 것이 문제지만 무슨 뜻인지는 잘 알아들을 수 있을 것이다.

왈 예후호, 자왈 기여자, 상야, 시가여언시이의로다.

日 禮後乎인저 子曰 起予者는 商也로다 始可與言詩已矣로다.

<子夏가> "禮가 <忠信보다> 뒤이겠군요." 하고 말하자, 공자께서 말씀하셨다. "나를 興起시키는 자는 商(子夏)이로구나! 비로소 함께 詩를 말할 만하다. 이상의 글을 해석하는 데는 주자부터 여러 학자들의 뜻이 각각이었다.

그리고 論語 팔일 제3편 15장에 보면, 자입대(태)묘, 매사문, 혹왈 숙위추인지자 지례호, 입태묘, 매사문, 자문지, 왈 시례야 (子入大(太)廟하사 每事問하신대 或曰 孰謂鄹(추)人之子知禮乎아 入大廟,하여 每事問이온여 子聞之하시고 曰 是禮也)니라 공자께서 태묘에 들어가 매사를 물으시니 혹자가 말하기를 "누가 추(鄹)땅 사람의 아들(孔子)을 일러 禮를 안다고 하는가? 대묘에 들어가 매사를 묻는구나?"하였다. 孔子께서 이 말을 들으시고 말씀하시기를 "이것이 바로 예이다." 하셨다. 이상의 공자님께서 제례에 대해 물어서 거동하신 것을 보면 예가 무엇이며 또한, 예기(禮記)의 저술과 절문(節文)을 스스로 하시지 않은 뜻을 알 수 있다. 공자께서 이렇게 예(禮)에 대해 시세(時勢)에 따라 융통성을 발휘한 것이다.

자장(子張)19편14장에는 자유(子游)왈, 상, 치호애이지(子游曰 喪은致乎哀而止)니라, 고 했다. 자유(공자제자)가 말했다. 상

(喪)은 슬픔을 극진히 할 뿐이다. 라고 했다.

또한 논어(論語) 팔일(八佾) 4장에 임방, 문예지본, 자왈 대재,
문, 예. 여기사야, 영검, 상, 여기이야, 영척 (林放이 問禮之本한
대 子曰 大哉라 問이여 禮는 與其奢也론 寧儉이요 喪은 與其易
也론 寧戚)이니라

임방이 예의 근본을 묻자 공자께서 말씀하셨다. 훌륭하다 질
문이여, "禮는 사치하기보다는 차라리 검소해야 하고, 喪은 형
식적으로 잘 다스려지기보다는 차라리 슬퍼하여야 한다."

주석(註釋)임방, 노인, 견세지위예자전사번문, 이의기본지부
재시야, 고로이위문 (林放은 魯人이니 見世之爲禮者專事繁文
하고 而疑其本之不在是也라 故로 以爲問이라 임방은 노나라
사람이다. 그는 세상에서 예를 행하는 자들이 오로지 번거로운
문식만을 일삼는 것을 보고, 예의 근본이 여기에 있지 않을 것
이라고 의심하였다. 그러므로 물은 것이다.

주석(註釋) 공자이시방축말, 이방독유지어본, 고, 대기문, 개
득기본, 즉예지전체무불재기중의 (孔子以時方逐末이어늘 而放
獨有志於本이라 故로 大其問이라 蓋得其本이면 則禮之全體無
不在其中矣)니라 공자는 당시 사람들은 지엽적인 것만을 따르
는데 林放만이 유독 근본에 뜻을 두었기 때문에 그 질문을 훌륭

하게 여기신 것이다. 그 근본을 얻으면 예의 전체가 이 가운데 에 있지 않음이 없는 것이다. 이상의 문장에서도 질(質)이 의식 (儀式)에 우선한다고 하셨다.

조선유학의 선비들은 공자도 만들지 않고, 후세의 제자들이 만든 예기(禮記)의 의식(儀式)절문(節文)을 가지고 충신(忠信)은 재쳐 두고 500년간 문식의 위선(僞善)만 가지고 왈가왈부하며 국가와 가정에서 심지어 목숨까지 버렸으니 망하지 않을 수 없 다. 또한 송대의 주자가 성리학을 하면서 예의 절문을 가지고 가례 집까지 번잡하게만듦에 치중해서 송나라가 쇠하게 되었 고, 우리나라도 퇴계, 율곡을 거치면서 성리학의 지엽적인 예 (禮)의 절문에 치중해서 국력의 쇠퇴로 임란을 불러온 것과 무 관치 않다고 할 수 있다. 예(禮)는 질(質)인 성리학을 바탕에 두 되 의식절문(儀式節文)이 우선해서는 안 된다 고 한 것이다. 문 식(文飾)에만 치우치면 나라가 경제적으로 빈약해질 수박에 없 다. 예를 들면 만약 시묘 사리를 3년 하면 재물이 축적된 자가 아니면 생활이 어렵게 될 수밖에 없을 것이다.

요즘 유교신자가 불교 또는 기독교의 집, 상사(喪事)에 가서 상가의 상례(喪禮)를 물어서 시세(時世)에 따라 하는 것 같이 묻 는 것이 예(禮)라고 한 것이다. 이상에서 보면 공자가 노자에게 갔다면 묻지 않을 수 없다. 무엇을 묻고 어떻게 답했는지 기록이 있어야 할 것이다. 방문한 것을 가지고 다만 문례노담(問禮老聃)이란 말 외는 정확한 증거(證據)자료가 될 수 없다. 그것을 가지고 후세사람들이 공자가 노자에게 예를 배웠다는 말을 했다. 이상의 기록들을 종합해 보면 공자의 예에 대한 사상은 성리학에 근본을 두되 절문(節文)과 의식(儀式)은 시세(時世)에 따라 물어 행하는 것이 '예'라고 한 것이다.

2019년 11월 16일

세월호 論理에 파탄된 경제

지금 경제의 잘 못 된 책임은 세월호 논리에 있다. 필자는 세월호 정부라고 칭한 것은 처음 문대통령이 칭했고 세월호로서 정권을 잡았으니 그렇게 칭한다. 제주 4, 3사건 5,18특별법 세월호 뗏법을 정당하다고 밀어붙여 정권을 잡았다. 제주 4,3사건만 해도 이 사건은 지금 70~80대 이상 노인들에게 물으면 적색분자 사건이라고 말한다. 노무현대통령이 그 시대의 일을 지금 와서 아무리 현명한 판검사를 동원해도 흑백을 가릴 수 없어서 면죄부를 준 것이지 적색분자가 아니라고 면죄부를 준 것이 아니다.

또한 5·18특별법만 해도 이 사건은 군이 과잉방어로서 희생자가 났으니 배상해 주는 것은 마땅하나 특별법까지 만들어 필요이상의 혜택을 주고 있다. 세월호 사고는 학생수학여행을 가다가 발생한 하나의 해상교통사고이지 국가가 배상해 줄 필요는 없다. 이 사건은 세계 어느 나라국민에게 물어봐도 국가가 배상한다는 것은 있을 수 없는 일이라고 말할 것이다.

이렇게 불가사의(不可思議) 한 일을 정당한 이치를 넘어서 집권한 세월호 정부는 경제도 그렇게 밀어붙이면 된다는 자신이 붙었던것이다.

따라서 전정부가 추진한 원전정책을 폐기하고 탈 원전정책을 추진해 한국전력공사는 2018년 탈원전·신재생에너지 정책 등의 여파로 부채가 전년 대비 5조 3,300억 원 늘었고 당기순이익은 2조 6,000억 원이 감소했다. 결국 1조 1,700억 원 적자를 내어 국가의 손실을 보았고, 최저임금으로 전 산업을 고사시키고 있고, 최저금리로 부동산 차등폭등을 시켜 부익부 빈익빈을 만들었다.

나라 경제는 확실한 논리의 정당한 이치에 노력한 만큼 얻을 수 있다. 제주 4·3사건 5·18 광주사태 세월호 사고처럼 뗏법의 패기를 가지고 밀어붙인다고 되는 것이 아니다.

세월호 사고 같이 박대통령이 물러나야 한다면 미국의 2001

년 9월 11일 미 쌍둥이 빌딩 무역센터 테러사건은 2,996명의 사망자와 6,000여명의 부상자를 낸 전무후무한 사건이다. 세월호 논리라면 당시 부시대통령이 책임을 저야 할 사건이다. 그러나 부시대통령에게 책임을 묻는 정치인, 또는 미, 국민은 한 사람도 없었다. 세월호의 박근혜대통령에 비한다면 10번도 더 물러나야 한다.

또한, 2018년 11월 12일 미 캘리포니아 산불은 트럼프대통령이 책임져야 하는 산불사건이다. 산불도 책임을 묻는다면 세월호 박대통령과 같이 트럼프도 책임을 지고 물러나야 한다. 76명이 사망했고, 1,300백 명이 행방불명이 되도 트럼프에 책임을 묻은 자는 미 국민 중 한명도 없었다. 미국국민이 무식해서 그런지 한국국민이 너무 똑똑하고 현명해서 그런지 정의를 알 수 없다.

박근혜대통령의 세월호사고 7시간 중 심지어 밥 먹고, 화장실 간 시간, 거울보고 화장한 시간을 국회 청문회는 물론 판검사 앞에서까지 가서 논하는 것을 보았다.

야당은 물론 심지어 당시 한나라당의원 까지도 심도 있게 따졌다. 영호남을 갈등으로 찢어놓고 남북화해라는 명목으로 노벨평화상을 등에 업고 교황 만나려 가는 문대통령께 박수친 쓸

개 빠진 자유한국당 의원님들, 세월호 뗏법에 자신이 붙은 그 패기를 가지고 경제에도 통할 것이라고 세월호 논리로 밀어붙이니 경제가 파탄 되고 나라가 좌초 될 수박에 없다.

2018년 11월 29일

* 이글이 페이스 북에 나간 뒤에 2018년 12월 4일 김무성 의원은 국회에서 박근혜 대통령의 탄핵을 재거론 해서 우선 구속에서 풀려나게 해 재판을 받게 한다고 거론했다. 또한 자유한국당 홍준표 대표는 가슴이 구멍이 뚫린 듯, 공허하다고 필자의 폐북난 아래에 기고문을 썼고, 유기준 의원은 탄핵을 재조명해야 한다고 했다. 이 글 이후 세월호는 뗏법적 집회가 한 때 없어졌을 뿐 아니라 2017년 7월 14일에 광화문 앞 광장에 세워졌던 세월호 천막도 5개년 만에 2019년 3월 4일에 광화문광장에서 자진 철거했다.

2019년 4월 15일부터 세월호 5주기를 치른다고 신문 매스컴이 24시간을 세월호 가족과 민주당뿐만 아니라 심지어 한국당 황교안 대표까지도 참석해서 세월호를 잊지 않겠다고 했다. 필자가 그래서 아래와 같은 글을 썼다.

6·25남침에 이백만 명, 생명희생은 목숨이 아니고, 세월호 수학여행에 사망한 304명 학생만 생명이냐? 정치(政治) 정자(政字)는 (正:바를 정자) 바르게 할 것을 (攵:두드릴 복)국민이 매질하는 정(政)자가 정치정자이다.. 생명에 차등을 두는 것은 하늘이 용서하지 않을 것이다.

이 글 이후부터 모든 신문, 매스컴이 17일부터 세월호에 대한 신문방송이 없어졌다.

조삼모사(朝三暮四)의 정책자금(政策資金)

환자에게 아편은 잘 쓰면 약이 될 수도 있고, 잘못 쓰면 독이 될 수 도 있다. 적당량 이상을 과다하게 사용하면 습관성이 되어 환자를 더욱 구제불능을 만들어 폐인을 만들 수 있다. 병에 따라 적당량을 사용하면 좋은 약이 된다. 세월호정부는 돈을 풀어 중소기업의 어려움과 고용이 줄어든 실업자를 구제하기 위해 통화량을 늘리는 처방으로 예산을 국회에 상정해 놓고 통과를 요구해 야당과 줄다리기를 하고 있다.

현재 개인부채 550조원으로 증가율이 94.4%로 세계 1위이고, 채무가 1,500조원의 위험수위를 넘고 있다. 최저임금(最低賃金) 때문에 도산에 처한 중소기업 지원 및 주택채무 상환을 돕는 경제정책은 그에 따른 무상 및 최저 금리로 인해 음으로 양으로 도리어 서울 고가아파트 폭등에 몰려 상승을 더욱 부채질 해 경제부실이 되고 있다.

이것은 IMF 이전에 노태우 대통령이 많은 선거 공약을 해 그 공약을 다 지킨다고 정책 자금을 남용해 거품경제를 만들어 결국 이로 인해 IMF를 당했다.

국가의 앞날을 위한다면 구조조종을 안 할 수 없다. 그 고통이 얼마나 어려운가를 우리는 공무원연금 및 자동차, 철도, 귀족노조 등을 개혁하기 위해 말 할 수 없는 뼈를 깎는 아픔의 노력을 해 온 것을 겪었다. 집권자는 아편과 같은 통화량을 늘리면 민심을 사서 그 때는 쉽게 넘길 수 있다. 그러나 그 뒤 IMF를 당해 직장을 잃거나 중소기업이 파산되어 한평생을 고통과 그로인해 가정이 파탄되어 삶을 등지고 겨울에도 시멘트 바닥에서 잠자며 음지에서 죽어간 많은 사람들을 생각하면 도에 넘치는 통화량을 남용한 위정자만큼 큰 죄인은 없다. 그로인해 음지에서 생활의 어려움으로 죽어간 사람들은 세월호 사망자 304명보다도 300배가 많은 몇 십만 명 이상이 될 것이다. 국민의 그런 고통을 안다면 최저임금, 탈 원전 같은 결정을 한 정책책임자는 중형에 처해야 할 것이다.

하루아침에 민노총의 선호에 따라 혈세를 풀어 최저임금 인상과 같은 정치를 하려면 누구나 정치를 못 할 자가 없다. 진정 국가를 위하고 국민의 고통을 안다면 유럽형 선심성정치의 여파로 피를 말리는 국민이 있다는 것을 안다면 고통분담의 정치를 해야 한다.

지금 중국은 한국의 세월호 정부와 같은 방종의 정책을 통제하고 있다. 한국의 민노총과 문대통령과도 거리를 두고 가까이 안 하고 있다. 따라서 통제경제로서 시진평의 장기집권은 고속성장의 기반을 만들어 놓았다.

앞으로 전자, 반도체, 자동차가 한국을 앞선다고 한다.

한 가지 중요한 것은 자유의 물결로서 천안문광장과 같은 사건만 차단하면 충분히 미국을 앞설 수 있는 여건을 만들 수 있을 것이다. 그래서 미국도 중국에 관세와 홍콩, 대만에 자유의 바람을 넣으려 한다.

시진핑은 한국의 세월호정부의 문대통령과 유럽형 방종의 문화를 차단해야 함으로 한국과는 거리를 안 둘 수 없다.

북의 정은이는 트럼프와 북핵 협상이 경제성장과 빅딜 한다면 고속성장을 할 수 있는 체제에 들어 갈 것이다. 지나친 방종의 유럽형에 젖어 성장이 퇴화된 우리는 선심성 자금만 풀다가 나라가 존망에 처하게 되었다. 경제는 공짜가 없다.

돈을 푼만큼 물가가 올라가거나 디플레이션이 되면 공염불정책인 조삼모사(朝三暮四)에 지나지 않는다. 아편과 같은 정책자금은 적당량이 아니면 구제불능의 나라를 만들 수 있다.

2019년 들어 추경관계로 연초부터 민주당과 한국당이 다투어 오다가 패스트트랙을 가지고 줄다리기를 하다가 5월 10일이 되기 전에 5·18기념일에 민주당의원이 광주시민을 등에 업고 예산을 통과시키려 대대적인 선동을 했다.

그래서 필자가 5·18선동을 차단하기 위해 "국회는 목마른 추경타령 이전에 5·18의 사이비 유공자부터 가려 밑 빠진 독부터 점검하라!"고 했다.(2019년 5월 17일 페이스 북)

그랬더니 태극기부대와 우파단체가 5·18에 시위를 해 민주당이 추경의 목소리도 못 내게 되었다. 그 뒤부터 민주당이 한국당 때문에 국회가 마비된다고 했다. 한국당을 제외한 여야 4당만 국회를 연다니 한국당의 나경원대표가 코너에 몰렸다.

그래서 필자가 아래와 같은 글을 다시 페이스 북에 썼다.

추경승인

추경승인으로 민주, 한국 양당이 첨예(尖銳)한 찬반 때문에 국회가 마비되고 있다. 국회는 추경(追更)을 승인한다는 것은 환자에 비하면 마약을 더 써야 된다는 민주당과 더 쓰면 습관성이 되어 구제불능의 환자가 되어 앞으로 마약(돈을 풂)에 의존한 경제가 될 수밖에 없다. 고 한 한국당이 다투고 있다. 학자들은 한국경제를 부정적인 중환자로 보고 있다. 우선 경제의 주축이 되는 에너지의 탈원전으로 2018년 1조 1,700억 원을 적자를 냈고, 부채는 5조 3,300억 원이 급증했다. 이로 인해 전기요금 인상이 불가피하다. 거기다가 친여 두 곳이 태양광에 대해 44억 원을 타내 한전의 중환자를 만드는데 일조했다. 또한 최저임금으로 고사 직전의 중소요식업 등에 조건 없이 아편과 같은 추경만 하자고 하니 경제에 문외한인 필자도 이해 할 수 없다. 이런 세수의 부실한 유실부터 먼저 점검해 마약 중독을 차단한 후에 추경을 편성하는 것이 순서이다.

이 기사를 페이스 북에 등재한 2019년 6월 18일 이후에 민주당이 한국당 때문에 국회가 마비된다는 말이 없었다. 7월 29일 민주, 한국, 바른미래 3당이 8월 2일 국회에서 5조8269억 원의 추경을 상정 해 99일 만에 처리했다.

1조원 삭감한 추경

"노무현 대통령같이 독도는 우리 땅입니다."

　미래의 국익을 위한 독도의 영유권 같은 싸움이면 할 말이 없습니다. 과거사인 위안부, 일제징용을 가지고 전(前)정권 바뀔 때마다 몇 번을 타협한 일을 또 세월호 정부가 위안부, 징용을 가지고 싸움을 해 경제를 요절나게 하고 국민의 피를 말리는 것은 정치 정(政)자도 모르는 세월호 위정자가 국민의 안위(安慰)와는 먼 일만 하고 있다.

　독도는 미래에 필수적인 양보할 수 없는 한일 해상국경지역의 쟁점문제지만 위안부, 일제징용은 과거타협으로 아무 소득

없는 일이며, 삼척동자에게 물어도 알 수 있는 일이다.

이 일이 시작 된 것은 박근혜대통령이 양승태 대법원장과 재판관계의 징용, 위안부 판결관여의 의혹문제에 얽혀있다. 이 일이 발생해 끝내는 그 말은 못하고 경제적문제로 비화된 것이다.

최저임금으로 인해 자영업은 다 고사 직전이고 국위를 선양하던 대기업과 협력업체의 재료공급이 차단된다고 한다. 또한, 한평생을 직장에서 예금해 노후자금으로 준비해 증권사에 의탁한 수많은 퇴직자 및 직장인들이 지난 2019, 8, 5일 코스피가 1946,49P 전일대비 51,15P가 폭락하고 코스닥은 7P가 급락한 후 연일 하락세가 이어질까봐 밤새도록 뜬눈으로 보냈다고 한다. 그러나 세월호 위정자님 잘 못으로 발생한 경제난에 대해 책임은 물론 추경 1조원을 내어 선심성 차기 총선을 공략하고 있다.

그렇게 하고도 국정에 큰 공로를 한 것 같이 세비는 꼬박꼬박 잘 챙겨가고 있다. 국민의 이 고통을 털끝만큼이라도 아는 양심이 있는 자라면 세비는 물론 있는 돈도 더 보태 헌금 할 것이다. 야당은 세월호정권이 박대통령, 양승태 죄목을 얽기 위해 저질은 일을 거론조차 않고 1조원 추경을 많이 깎았다고 술 먹은 주취(酒臭)까지 영상에 생색을 내었다.

여당은 국민을 일제(日製)불매운동에 극일의 횃불을 들게 해놓고, 자신들은 일식집 영업을 돕는다고 샤케에 취해 주태백 걸음을 걷고 있고, 국민은 피를 말리는 경제 불안으로 편히 잠을 잘 수 없다고 잠 좀 자자고 한다.

2019년 8월 6일

검 · 경(檢警) 수사권 前에
공정성이 먼저다

국민은 제쳐놓고 뜻은 잿밥에만

이 글 이후에 檢警수사권이 한동안 말이 없었으며, 정치인들도이 문장을 많이 인용 했다. 노무현대통령은 검찰개혁을 하다가 자신이 부엉이 바위에 떨어져 사망했다. 이명박, 박근혜 대통령도 검경수사권갈등을 정리 못 했다. 2018년을 들어서면서 검경수사권이 또 문제가 되었다. 문대통령도 문무일 검찰총장의 반대에 처해 검경수사권 정리가 벽에 부닥치게 되었다.

"검경(檢鏡)수사권 전에 공정성이 먼저다."
(국민은 재쳐 두고 뜻은 잿밥에만)

이 글을 페북에 등재 한 후 말이 없었으며, 검경수사권조정은 한동안 수면 아래로 가라앉았다.

필자가 다섯 번의 사문서 위조를 고소한 사건을 예로 들어 그 사문서 위조의 불공정한 것을 일일이 지적한 것에 검찰, 경찰도 할 말이 없었다. 이후 문대통령이 "경찰의 수사 중인" 사건을 검사가 지휘를 못하게 한 것으로 검경수사권이 다시 수면 아래로 한동안 가라앉았다.

국민의 뜻은
수사의 공정성이지
수사권, 나누어
먹기가 아니다.
2018년 6월 22일 (페북)

윤석렬 신임 검찰총장은 국민의 뜻인 수사의 공정성에 대해 말이 없었다.

2019년 2월 21일 문대통령이 다시 검경수사권에 대해 국무회의에서 거론 했다. 필자가 다시 상기 글을 페북에 등재했더니 이후에 말이 없었다. 2019년 3월 19일 국회개원에서 또 수사권을 거론해서 이글을 재 등재 했더니, 다시 검경수사권은 국회서도 말이 없어졌다. 이 법은 4월 28일 여야가 팩스트트랙인지 패스트트랙인지 사전(辭典)에도 없고, 각 신문에서도 팩스트트랙 또는 패스트트랙이란 단어도 정립(定立)이 되지 않은 이상한 선거법과 함께 처리를 해 여야가 국회를 마비시켰다. 필자는 본질이 바뀐 국회마비란 제목에 국민의 소망은 패스트트랙이 아닌, "국회의원 수 감축, 비례대표제 폐지다." 패스트트랙은 국민 속임수의 하나다. 라는 글을 페북에 등재했다. 그러나 민주당인 여당은 선거법개정, 검경수사권, 공수처 신설을 처리키로 하고, 소방직을 국가 직에 넣는 안은 상정에서 제외 했다.

문무일 검찰총장이 해외 출장을 중단하고 돌아오면서 검경수사권은 국민의 기본권에 빈틈이 없게 함과 패스트트랙은 반민주적이라고 했다. 또한 문무일 총장은 2019년 5월 16일 이것을 가지고 기자회견을 했다. 필자는

"세월호정부의 檢警논쟁!" 이란 제하에
검경 수사권 논쟁은 유권무죄(有權無罪)
무권유죄(無權有罪)의 논쟁(論爭)이다.
국민은 수사의 공정성이지

기본권(基本權)과는 다르다.

2019년 5월 11일

이상의 글이 나간 뒤에 검경이 또 조용해 졌다.

끝에 가서는 검경이 상위 층부터 서로 비리를 고소고발을 해 경찰이 비리 건수가 많아 할 말이 없어졌다. 문무일 검찰총장임 기가 7월 이어서 다음 내정 자를 문대통령이 윤석열씨를 선임 함으로 수사권을 검찰에게 위임한 셈으로 유권무죄(有權無罪) 무권유죄(無權有罪)가 되었다.

취임사에서 한 말은 공정위원장인지 검찰총장 취임사인지 위 문이 들었다.

조국은 법무장관 임명을 받아 국회청문회를 앞두고 기자들 질문에 수사의 공정성을 말했다. 그러나 청문회 전에 언론에서 딸 대학입학 때 위조논문, 위조표창장, 이혼한 제수에게 매매한 부동산을 모친이 임대해 살고 있는 집과 3호펀드, 익성, 웅동학 원의 비리가 거론 되면서 조국 본인은 청문회에서 다 말하겠다 고 정면 돌파를 시도했다.

필자는 페북에 아래와 같은 글을 게재했다.

세월호 정부는 법무부장관 조국후보가 청문회 가기 전에 비리백화점이다. 박근혜는 친딸도 아닌 정유라로 인해 감옥에 갔다. 조후보의 편법은 박근혜와 형평성에 비하면 스스로 장관이 아닌 교도소를 가고도 죄가 남는다. 한국당이 청문회를 3일을 하자고 했으나 민주당은 2일로 하자고 해서 타협이 안 되었다. 다음 날 또 타협을 한다더니 단 하루만 하기로 날짜를 9월 5일을 잡았다.

필자는 청문회를 듣다가 아래와 같은 글을 페북에 남겨놓고 나가버렸다.

"교육은 삶에 필수적인 것이다."

교육이 19세기 이전에는 윤리(倫理), 도덕(道德)이 전부였다.

요즘 조국법무장관 후보를 보면 윤리, 도덕교육을 폐지하고, 세월호 떼법과 조국의 불법, 비리, 위증, 반칙을 신설하여 교육을 받아야 살아갈 수 있을 것 같다.

2019년 9월 7일

"국민 청원"

정경심교수는 영어교수를 할 것이 아니라 앞으로 불법, 비리, 반칙, 위조, 심지어 의사진단까지 위작을 잘 하니, 이번 10월 3, 5, 9,일 검찰개혁 집회를 보면 참석자가 불법, 부패에 지지자가 2백만 명이다. 이런 사회를 국민의 56%가 바라고 있으니 앞으로 여기에 전문지식이 없으면 생활 할 수 없는 사회가 되어갑니다. 따라서 세월호 정부는 이 학과를 사회의 변화에 따라 빨리 신설하여야 할 것입니다. 거기에 전문적

지식과 누구도 따를 수 없는 탁월한 경험을 지니고 있는 초대학장이나 교수에 정교수의 임명을 추천합니다.

2019년 10월 17일
국민추천자 드림 (페북에 등재했음)

나경원 대표가 박근혜대통령 탄핵을 찬성했고, 이번에도 청문회를 3일 간을 안 하면, 못한다고 한 것을 2일도 아닌, 왜! 단 하루를 하여 부실한 청문회를 했는지 의혹이 된다. 9월 7일 대통령은 직권으로 조국을 법무장관에 임명했다. 조국의 부정비리를 검찰총장이 수사해야할 몫이니 윤석열 검찰총장이 법무장관을 수사해야 하니 진퇴양난이다. 그렇잖아도 비리, 불법이 많은 조국을 수사 않을 수 없다. 대통령도 검찰의 권한을 너무 키웠다. 전 정권에서 권한을 나누어 검찰, 안기부, 보안사, 경찰, 등 서로 나누어 견제를 했으나 지금은 검찰이 사법까지 다 통제하는 셈이 된다. 이 막강한 권한을 검찰에 주었으니 법무부가 아니라 대통령도 잘 통제를 할 수 없어 대통령과 뜻이 맞는 조국을 법무장관에 임명해 검찰개혁의 명목으로 힘 빼기를 한 셈이다.

2019년 9월 28일 서초동 검찰청사 앞 검찰개혁집회에 여당은 조국법무장관 비리, 반측, 불법을 과잉 수사 했다고, 검찰총장 윤석열씨 규탄집회를 열어 2백만 명이 모였다 고 했고, 야당은 5~10만이라 해서 국민이 양분되었다. 한국당은 10월 3, 5, 9일 광화문광장에서 조국퇴진 집회에서 200만이 모였다고 했다.

문대통령은 9월 30일 또 검찰개혁을 지시한 것을 야당은 조국비리 수사에 대한 외압 이라고 했다. 국민의 높은 검찰개혁 목소리에 대통령은 담화로 검찰개혁 지시를 발표했다. 검찰총장은 즉시 특수부 3개를 제외하고 폐지한다고 했다. 따라서 필자는 "검찰개혁은 국민을 위한 개혁이 아닌 권력을 위한 개혁이었다. 라고 폐북에 등재했다. 대통령의 지지도가 40%대로 떨어지니 10월 14일 조국은 장관직을 사표 냈다.

필자가 겪은 사건

이 사건은 필자가 아무도 종중 총무를 않으려고 한 것을 스스로 7년간을 맡아 하면서 2006년 9월 20일 벌초를 한 뒤에 전주 최씨 주천종친회 가족묘를 설치하기로 계획서를 작성하면서 사전에 석공장 2곳의 견적과 고성군의 가족묘담당자와 국가 보조금 1,500만원 지원과 사전허가 신청절차를 알아보고 종원의 서명날인을 받아 시행했다. 해마다 산천에 각각 산재해 있는 선대 묘 50여기가 넘는 것을 추석이 가까워오면 벌초를 하려면 큰 고역이었다. 그뿐만 아니라 앞으로 묘사를 모시려면 제각이 있어야 함으로 제각을 지으려면 최소 3~5억 원이 있어야 하고 제각관리에도 비용은 물론 노력이 필요하다. 가족묘 설치를 하면

묘 앞에서 묘사를 바로 모실 수 있어 편리하다. 이에 따른 여러 가지 고역(苦役)을 줄이고 또 앞으로 시대의 변화에 따라 조상 숭배를 합리적으로 행하고자 해서 가족묘를 설치하기로 제안한 것이다. 그러나 당년 12월 시제 후 설치공사를 종원들이 반대 해 본 공사를 보류하기로 했다. 필자가 다른 사람이 안 하려고 한 총무를 7년이나 맡아 해서 사표를 냈으나 할 사람이 없어 향후 1년간 더 연장하기로 했다. 필자가 다음해 2007년 부산으로 이사를 한 후 다시 가족묘를 설치하자는 의논이 되어 새로 설치하기로 했다. 그 후 삼종조카벌(9촌) 되는 최낙승씨가 전화로 총무를 자신이 하겠다고 달라는 것이다. 그것이 무슨 말이냐? 총무는 총회서 결의가 되어야 한다고 했다. 그 뒤에전화가 오가며 설왕설래하다가 집까지 쳐들어 와서 총무 직을 내어 놓으라고 했다. 고성(高聲)이 오가고 해서 싸울 수 없어서 주었다. 그 뒤 공사는 끝났으나 총회에 묘지 설치 회계결산서를 종원에게 내어놓지 않으므로 해마다 묘제 때 독촉을 해도 회계결산서를 알리지 않으므로 8년이 지난 2016년 5월 4일 아래와 같은 내용증명을 송부했다.

내용증명과 고소장을 띄우고 나니 최낙승씨는 아래와 같은편지를 송부해 왔고, 이와 비슷한 편지를 종회원에게도 각각 보냈던 것이다.

최낙승이 부쳐온 편지내용

최관호씨

당신과 나는 지난 5월 고소사건 이후 숙질관계(11살 아래 3종 조카)는 끝나서 아저씨로 대우하기는 걸렀다. 1%의 의혹도 없는 일을 가지고 나를 배임이다 횡령이다 협박이다고, 고소했으니 칼 들고 찾아가지 않은 것만으로도 다행으로 생각하라!

사회통념상 가사 조카가 죄를 지었다 하드라도 배상하면 될 일을 형사사건으로 한 것이 과연 옳은 처사 옜는가를 전 부산시민에게 물어보라. 옳았다고 하는 사람이 몇 명이나 될까?

5월1일 시제 때 집안이 모였을 때 의문을 해소하려고 하지 않고(해마다 거론했고, 공사 끝 난지 8년만임) 고소하였다는 것은 무슨 심사인지 정말로 알 수 없다. 종중에 총무가 2008년 9월 이후 사임하고 지금까지도 공석인 그것도 모르는 주제에 무슨 종사를 안다고 할 수 있느냐? 그런데 고소로 범죄행위의 책임을 국가 형벌로 다스려 달라고 고소하려면 그에 상응하는 증거가 없으면 전부다 무고 행위다. 죄지은 것이 하나도 없는데 무슨 증거를 찾을 수 있겠는가? 낙승이가 그렇게 만만하게 보이던가? 낙승이 정말 치밀한 사무가이고 계날 할아버지, 아버지로 이어지는 정의감이 투철한 사람이고, 학교선생(3년근무)으로 근무할 때에도 학부형으로부터 촌지 받아본 적이 없는 꼿꼿한 사람이다.

이런 것이 전주최씨의 후손의 자존감이다. 전주최씨 후손으로서 가문에 수치스런 일은 하지 말아야 할 것이다.

최관호씨 의 도덕률은 남의 일을 맡은 사람이 성실히 일을 하지 않고, 자기 사리를 챙기기 위하여 일하는 정도에 지나지 않는 것으로 보인다. 다른 사람이 모두다 뇌물이나 받고 일한다는 생각 자체가 문제다.

낙승이 재산이 20억 원 월수입도 5백만 원. 진주 시에 임야가 4만6천 평이나 있고, 내가 사는 아파트도 60평이나 되니 우리집안에서 제법 큰집을 지니고 살고 있는 사람이 무엇이 아쉬워 넉넉잖은 종중돈 넘어볼 사람은 아니다.

나는 우리아파트에서 입주자대표 회장 1명, 감사2명을 혼자서 변호사 도움 없이 소송을 냈더니 판사가 원고 피고 부르지도 않고 무변론판결로 회장과 감사를 쫓아내어서 신문에 3회나 게재되었다. 아파트 관리사무소장도 1개 주민이 쫓아낸 일은 드문 일일 것이다. 1개 주민이라도 옳은 일로 대응하니 관리회사도 어쩔 수 없이 8일 만에 관리소장 교체한 사건이 있었다. 낙승이 그만큼 옳은 일을 하기 좋아하고 남의 일에도 옳지 않은 일은 분노하고 관여하면서 할 말은 하고 살아왔다.

2005년 5월 9일 부산지방법원, 동부지원에 10여개 민사단독 판사에게 원고(사립학교를 6개나 거느린 이사장)측 윤경현 변호사(부산지법 수석부장판사출신)가 피고 95명을 상대로 부동산소유권 이전등기말소 청구의 소를 내어 100억 원 정도 챙기려고 소송을 냈는데 나도 피고 중1명이 되었던 사건이었다. 피고 중에는 부산광역시장, 기장군수, 한국농어촌공사 사장등도 있었다. 나는 서울법대 나오고 부산지법 부장판사출신으로 변호사 30년 한 임종선변호사와 서울법대 나오고 부장판사를 하다가 바로 사직한 김종기변호사 등

2명에게 자문을 구했더니, 두 분 다 이 소송은 이길 수 없다고 하였다. 적어도 부장판사까지 한 변호사들이 패소할 것이다. 하는데 변호사를 댈 필요는 없음이 분명해졌다.

그래서 내가파고 들어 정보공개청구로 시교육위원회에 보관중인 1948년 세로 글씨로 미농지에 철필로 쓰인 학교 재단 예산결산서와 국가기록원에서 1950년 농지개혁 시 연부 상환대장 원본을 복사하고 1950년 대법원 농지 개혁에 관한 중간 생략등기 대법원예규를 찾아내어 4천5백만 원이나 들여 소송 낸 원고는 소송을 4개월 만에 전부 취하 하는 큰 사건이 이었다.

피고 측 변호사 31명이 답을 내지 못하는 것을 내가 한 달반 동안 노력하여 위 핵심적인 3종의 문건을 밝혀 전부 승소하도록 하였으니 알음알음으로 나를 찾아와서 여러 사람이 사례를 한 일도 있었다.

최관호씨

참말로 당신은 구, 제, 불능 그 자체다. 구, 제, 불능 외에는 어떠한 말로도 당신을 표현할 말이 없다. 나도 이제부터 막가기로 한다.

5월 중순부터 8월 하순까지 석달 열흘간 고소사건에 매달려서 백방으로 낙승이 에게 죄를 뒤집어 씌어 보려고 경찰서로 지검으로 고검으로 쫓아다녀 받자 땀만 흘리고 헛고생만 하였지 무슨 소득이 있었나, 비싼 밥 먹고 잘 놀고 있네,

고소사건을 재항고 하려면 항고심의 결정통지 받은 날로부터 10일이내로 검찰청 아닌 고등법원의 재판으로 가는 것인데 그 기간을 놓쳤으니전부 무혐의가 확정되었다. 낙승

이 한태 "재항고 하고 안하고는 내 마음이다" 고 하였으나 당신생각에 낙승이가 바보로 보일지 몰라도 당신 머리꼭대기에 있다.

무혐의로 확정되었으니 일사부재리(一事不再理)의 원칙에 의하여 형사소송법 상, 낙승이에게 같은 죄로는 어떠한 이유라도 다시 제소할 수 없다는 것은 거의 상식이다. 또 다른 죄지은 것이 있는가를 열심히 밤낮으로 찾아야지 .

가사 낙승이가 죄를 지었다 하드라도 당신이 낙승이가 무슨 원수가 졌기에 그래서 되겠는가? 당신이 시골서 닭키우고 나무하고 농사 거들면서 결혼(22세 결혼)을 못 할 처지가 되어서 명동할아버지, 우리중부에게 취직부탁을 여러 차례 하여 그래도 친척이라고 연탄공장에 노동자로는 시키지않고 사무보조원으로 채용해 준 은공을 생각해서라도 그래서는 안 된다. 연탄공장이라도 부산에 직장생활 한 후에 결혼한 기억을 잊었는가, 낙승이 그 당시 열 대살 이었어도 기억이 생생하다. 낙승이가 항상 어린아이라고 생각하느냐?

또 한 가지 당신에게 알려 줄 것이 있다. 낙승이가 가령 배임하였다고 생각해 보자, 5년이나 당신들의 소종중묘지 공사 분담금을 빚지고 있어서 주평전주최씨문중 전체가 비난받고 있었다. 이것을 해결하고자 당신의 동생이 주선하여 종답을 팔기로 사전에 의논이 된 것이 아니라고 궤변을 늘어놓을 셈이냐? 매매계약도 파기된 것을 낙승이가 하루 만에 설득하여 이틀 만에 3십8만원 더 받는 계약금 6백만 원이 입금 되었다는 것은 문중예금 통장에서 확인 된다.

5년 지나서 9백만 원의 채무 중 2백만 원은 탕감하고 7백만 원을 갚음으로써 당신들의 짐을 벗게 된 것은 남부끄러운 일이다.

빚을 갚는데 일조한 사실을 잘 된 일이라 생각한다면 배임이라고 하는 억지 주장은 말이 안 된다. 배임이라고 하는 자체는 염치없는 짓이다. 배임이라고 한다면 불공평한 것이다.

빚을 갚게 해준 것은 좋은 일이고 돈 들려서 법무사가 할 등기이전서류를 작성한 것이 배임이다 고 당신이 주장하는 것은 도둑놈의 심보다. 이런 이율배반적인 당신이 생각해낸 것이 문중을 위하는 것이냐?

도대체 왜 나를 죄인으로 만들려고 억지를 부리느냐? 참으로 이상하다.

아무리 생각해도 제정신이 아닌 것 같다. 딱하기로 이루 말할 수 없다. 참 측은하다.

당신이 주장하는 문중부동산매매안건의 회의록에 문중대의원 최경호, 최규장, 최의용, 최낙승, 최민호, 최인호 등 7명이 찬성동의 하였고, 이 회의록작성의 확인자 2명 (최윤종, 최민호)은 인감증명서를 발급 첨부하여 확인하였다는 것을 명확히 하였다. 문중규약에 2/3이상의 찬성으로 문중재산의 취득이나 매도를 할 수 있다고 규정하였으니, 최용호, 최완호, 최익호 대의원들이 반대동의 하였다고 하여 도 2/3이상의 찬성동의가 있었기 때문에 아무 문제없다. 당신은 나쁜 사람이다.

만만한 낙승이만 배임했고, 당신 4촌 민호아저씨와 당신 재종 인호아저씨도 회의록에 동의했는데 왜 낙승이만 배임이냐? 이게 말이 된다고 생각하나.

4촌 6촌을 배임죄가 있다고 고소하면 집안에서 당신을 잡아 죽이려고 할 것이 겁나서 고소 못했던가. 이런 불공평한 일이 어디 있느냐? 최관호 한태만 있는 아주 특이한 발상이네, 최규장 할아버지, 최의용 숙부, 최경호 종손 아저씨, 최윤종 당숙 몽땅 배임죄로 고소해야 하지 않느냐?

또 고소해라, 그렇지 않으면 당신은 사람이 아니다. 동일 범죄행위는 동일 죄를 구성하는데 왜 나만 범인이 되어야 하느냐

야! 최관호 이 개 ＊＊만도 못한 ＊＊아.

앞으로 당신이 매일 아니 365일 더 노력해도 손톱만큼도 죄지은 것이 없으니 냉수 마시고 정신 차려라, 현미경으로 보아도 먼지하나 없을 것이다. 낙승이 상을 주어야 마땅하지 않느냐, 송와공문중도 우리문중이다. 우리종중이 제일 큰 집이다. 송와공문중에 1천9백원 입금되었고, 앞으로 3천7백만 원 더들어올 것이다. 5천6백만 원 큰돈이다. 송화공 8대조 산소를 산돼지가 훼손하여 묘 봉분도 만들려면 잔디도 새로 입혀야 할 것이다. 조상 없는 후손이 어디 있겠느냐,

9월 2일 오서리 선산 계약금, 1천9백만 원이 입금되었으니 송와공문중에서 낙승이게 상금을 준다고 한다. 아무 종원도 아니하고 못하는 일을 하였으니상을 주려는가보다. 1년 쫓아 다녀도 수고비 한 푼 주었던가?

낙승이 죄 없음이 8,18일자로 확정되었다. 낙승이를 못 잡아먹어서 양탈하는 당신의 본심이 궁금할 따름이다. 그 본심을 공개하라, 그리고 문중에 일을 일으켰으니 문중원 모두에게 사과문을 보내라. 사과하지 않으면 앞으로 인간 취급하지 않겠다. 일체유신조(一切維心造)라 하였다. 천하를 아는 것보다. 자기 마음을 아는 것이 더 중요하다. 많은 물질을 가졌어도 마음이 비뚤어지면 사상누각이다.

위 사건에 앞서 원고가 기장군 장안읍 덕선리에 사는 6, 25참전상이용사 경주최씨의 토지를 빼앗아서 팔아먹은 토지를 내가 그 아들을 찾아가서 점심 두 번 대접받고 땅을 되돌려 받도록 방법을 안내하여 수천만 원을 되찾은 일은 살아오는 동안의 자랑꺼리이고 보람 이였다. 낙승이 남의 일에도 옳은 일에는 내 돈 써가면서 찾아서 일 하는 사람이다.

최관호씨 양심에 손을 대고 낙승이가 종중에 해되는 일을 한 것이 있는가를 곰곰이 생각해 보기 바란다.

고소 좋아하는 사람 고소로 망한다는 말이 있는데 어디 한 번 끝까지 해보자! 누가 이기는가 보자. 당신의 고소 행위는 측은하게 느껴진다. 용국할아버지도 포항으로 이사 가셨으니 명실공히 부산서 집안에서 제일 나이 많은 사람이 되었다. 비뚤어진 생각을 버리고 주평전주최씨가문의 희망이 될 수 있도록 후손들을 이끌어 주기 바란다. 이상과 같은 편지를 받고, 중용(中庸) 10장에 불보무도(不報無道)라는 문장이 떠올랐다. 무도(無道)함에 보복하지 않는 것이 君子의 삶이라 했다. 그러나 필자는 수신(修身)이 군자가 못 되었는지 아래와 같은 생각이 떠올랐다.

이와 같이 회계와 관계없는 일을 필자에게도 사실과 다른 위증만 썼고. 종회원들에게도 진실이라고는 없는 호소문을 보냈다. 종원에게 쓴 편지는 장문이 여서 필자에게 온 서신만을 여기에 실었다. 필자는 아무도 않으려는 종중총무를 자청해서 7여년을 했다. 그러나 최 낙승은 총무를 가족묘 설치가 끝난 후 1

년 만에 종원에게도 알리지 않고 마음대로 총무를 던져버렸다. 그리고 2001년 4월 9일 마산시 합포구 진전면 오서리 산 220-1 번지 7대조 묘지 밖, 아래에 차종손 최 용호 부친 묘(필자 백부 묘)를 설치했다고 고소를 해 옮기게 했다. 그런데 가족묘를 한 다는 것은 자신의 논리대로면 이치에도 맞지 않고 있을 수 없는 일이다. 또한, 필자가 생보자인 것을 고발해 행정에서 수급자를 탈락시켰다. 시집가서 대학생이 둘인 양녀가 공기업 기능직인 것을 임금이 많다는 이유로 행정에서 탈락시킨 것이다. 필자는 이상의 편지를 받고 종회원들에게 다음과 같은 해명서의 편지 를 보냈다.

종회원에게 알립니다.

금년 112년만의 염천에 종원의 생활과 건강에 대해 노고 가 많았을 줄 압니다.

제가 가족묘지 와비 문제로 고소까지 하게 되어 죄송합니다. 와비는 선조의 함자 뒤에 존칭을 넣어야 한다고 했으나 말을 안 들어 신문 기고문까지 썼습니다. 이름은 (君師父)임 금, 스승, 부친만이 부를 수 있습니다. 하물며 선조(先祖)의 함자를 존칭 없이 와비에 쓸 수 없는 것입니다. 와비 앞에서 묘사를 지내면 아들 지위를 부쳐 놓고 선조 제사를 모시는 것과 같습니다.

가족묘지 설치계획을 할 때 본인이 2곳의 석재공장 설문을 받아 계획서를 작성 해 2006년 9월 20일 종회에서 계획서 1~2안 중 1안을 채택 해 희원의 승인까지 받았습니다. 당시 본인이 총무이므로 설치책임자로서 그 금액으로 설치 못 할 계획서를 한다는 것은 있을 수 없습니다.

종중 총 잔금이 11,717,209원 독곡 묘지 1천만 원, 정부지원 1천5백만 원, 저수지 옆 논 1천6백만 원을 합하면 5,2717,209원(검사가 확인한 금액임)입니다. 여기서 양가문에 900만원을 더 하므로 1800만원을 더 하면 70,717,209 (처음 계획서의 1안만 해도 금액 3천7백4십7만원을 제하면 33,247,209원 차액이 있음) 그런데 설치계획서 1안의 13계단을 5계단으로 축소 해 설치했으므로 금액이 1천8백,3십8만5천 원으로 줄었습니다. 따라서 잔금이 52,332,209원이 현재 잔금입니다. 이 금액을 정산해 밝혀야 가족묘지 설치 결산이 됩니다. 그 외는 어떠한 계산서를 100번 내어놓아도 결산이 될 수 없습니다.

결산서를 공개할 것을 몇 번 요청해도 안 들어 내용증명을 송부했더니 하등에 나에게까지 공개할 의무가 없다고 했습니다. 그래서 고소까지 이르게 됐습니다. 총 5천2백3십2만7천원이 남아야 하는데 왜 소종중 분담금 900만원은 무엇이냐,? 검사는 무혐의가 아니라 그것은 종중 자체에서 회계를 밝혀야 된다고 했습니다.

또한, 5월 1일 묘제 때 아무 말 없다가 고소장을 접수 했다고 하나 (내용증명 1~4항 및 묘제 있을 때마다 7년간 거론했음)설명을 했고,〈"총무를 안 한다고 했다." 내게 3~4번을 전화를 하고 빼앗아 갈 때는 언제고 1년 만에 설치공사가 끝나니 마음대로 던지느냐!〉 총무 진퇴관계도 충분히 말했으며, 또한 고소장 접수를 하면서 수사팀장에게 이 문제는 종중에서 해결해야 될 문젠데 법 앞에 까지 와서 죄송합니다. 고 하니 요즘은 그런 문제가 많습니다. 고 했다. 종중토지 매도 때 같이 가자고 했다고 했으나, 그것은 묘지설치계획 때다. 연락은 다른 사람에게서 받았다. 가족묘지 좌(坐)관계로 말이 안 통해 다시 측량을 하면서 (내용증명 2항)측량비 등 400만원이 더 들어 회장 사표까지 냈다. 내 말을 안듣는데 참석해야 무슨 의미가 있겠습니까? 종친 간에도 진실이라고는 털끝만큼도 찾아볼 수 없습니다. 재산이 자칭 20억이란 자가 자책으로 종중에 400만원 손실을 입혀 놓고, 내가 왜 그 돈을 내야하느냐고 반문한다면, 성금으로 설치하자는 사람은 어떤 사람인가? 묻고 싶다. 그런 정신으로 종중을 위해 일했다고 할 수 있겠습니까?

시원한 가을을 맞이하여 종회원들의 즐거운 추석명절을 맞이하시기 바라며 건강을 빌겠습니다.

결산서 요청을 못 보았는가? 재항고 기한이 10일이 넘었다니 매매계약 때 가자고 했다느니 딴소리를 해 메시지를 보냈지만 연락이 없어 등기로 다시 송부했다.

첨부 : 1안 13계단을 5계단으로 축소 대조표 1부, 내용증명 1부, (반송우편물 다시 등기로 했으나 또 반송했다.)

아래와 같이 내용증명에 결산서를 첨부하여 전송했음

계획 1안과 13계단 때 횡령대조표

	설치계획 1안 금액	석재공장 견적서 (13계단에서 5계단 축소금액)	
경치석	1개당 2,000 X 520 =1,040,000원	1개 2,000 X 520 =1,040,000원	1,040,000원
장대석	자당 5,000 X 1,716 =8,580,000	자당 270 X ,7000 X 168 =1890,000	1,890,000
잔디	평당 5,000 X 150 =750,000	평당 5,000 X 150 =750,000	750,000
장비	1일당 300,000 X 7일 =2,100,000	1일당 300,000 X 7일 =2,100,000	2,100,000
석공입금	1일당 200,000 X 5일 =1,000,000	1일당 200,000 X 5일 =1,000,000	1,000,000
보조인부	1일당 80,000 X 10명 =800,000	1일당 80,000 X 10명 =800,000	800,000
이장비	1기당200,000 X 50 =10,000,000	26기 X 200,000 =5,200,000	4,800,000
조경식수	500,000		500,000
자연석비석 , 고유제	3,300,000	삭제	0
와비	1개당 300,000 X 25 =7,500,000	13개 X 300,000 =3,900,000	3,600,000
대표상석	개 1,200,000 X 1,200,000 =1,200,000	개 1,200,000 X 1,200,000 =1,200,000	1,200,000
교통비	200,000		200,000
예비비	500,000		500,000
1안총계	계획서 13계단설치 37,470,000	설치하면서 8계단 삭감해 설치 5계단으로 줄여 총금액 당시가	18,385,000원
비고	총 설치금액 ₩52,717,209원-5계단으로 축소할 때 18,385,000원= 차액금액은34,327,209원입니다.		₩34327,209원 총 잔금 임 52.327209원

2017년 1월 6일 회계장부를 확인했으나 상기 3천4백3십2만

원에 대해 기타 사용과 영수증이 있어야함, 이에 양가문의 각 9백만원을 추가하여 1천8백만 원을 더하면 52.327209원임

내용증명서

발신 : 부산시 북구 효열로 40번 ○○○ 아파트 최 관 호
수신 : 부산시 해운대구 대천로 56 ○○○ 아파트 최 낙승

제목 : 종토매도 종원 확인동의서 및 묘지조성 결산서 요청

1. 위 귀하는 본인 (최 관호)이 전주최씨 주천종친회 총무 재직 중 경남 고성군 구만면 주평리 산 80-4번지에 종중가족묘지 조성 의안이 있는 후 몇 번을 전화를 하고 집까지 쳐들어 와서 총무를 사퇴하라고 해 직을 넘겨주었습니다.

2. 그 뒤 "나를 회장을 하라고 해 안 한다고 했으나 종원들이 하라고 해 수락했습니다." 그러나 총무가 묘지조성을 하면서 말을 듣지 않고 업무를 마음대로 행사하고, 묘지조성 방향(좌:坐)이 안 된다고 했으나 일언에 거절하고 설치 계획을 함으로 회장직 사표를 내었습니다.

3. 상기 지번에 본인의 말을 듣지 않고 묘지 측량 후 조성을 하다 보니 방행이 잘 못 되어 다시 측량함에 있어 거기에 따른 손실이 4,042,450원이 들었습니다. 종회 때 과오에 대해 손실배상을 하라니 왜! 내가 하느냐고 했습니다. 또한, 와비설치를 하면서 나의 말을 안 들어 친인척을 통해 선조 이름자 뒤에 존칭어를 넣어야 한다고 몇 번을 말해도 듣지

않아 끝내는 신문칼럼까지 쓰게 되었고 묘제 때마다 여기에 대한 대책을 물었습니다.

　4. 2009년과 2011년 11월에 시제를 모신 후 묘지 설치를 하면서 종토매도결의서와 회계결산서를 보내 달라고 했다. 그러나 부쳐 준다고 했으나 보내지 않았으며, 2014년 묘제 때에 다시 말하니 주소를 모른다고 해 가르쳐 주었다. 자신의 혼사 청첩장은 보내와서 축의금까지 송금했으나 답서도 없었고, 결산서는 송부하지 않았습니다. 5월 1일 묘제 때 다시 결산서를 요청하니 "총무를 안 한다고 했다." "내게 3-4번을 찾아 와서 총무 직을 빼앗아 갈 때는 언제고 설치공사가 1년 만에 끝난 후, 하기 싫다고 마음대로 던지느냐?"고 말했다.

　5. 따라서 귀하가 종중총무 업무 수임 이후 결산서 및 종중토지 매도에 관한 종원동의 확인서 원본이나 사본을 청구하며 종원들에게 공개할 것을 요구합니다.

2016년 5월 4일
청구인 : 최 관호 인

　피고인 최낙승은 고성군 구만면 주평리 산 80-4번지에 가족묘 설치를 하고 이로 인한 종토매도 및 회계결산서를 몇 번을 공개할 것을 요구해도 공개 할 수 없다고 했다.

　그래서 고소인 필자가 상기와 같은 내용증명을 송부하니 "전화로 내가 결산서와 설치비를 공개해야 할 하등의 의무가 없다고 했다."

다음날 북부경찰서에 고소장을 접수하니 수사팀장 말이 "우선 피고소인에게 전화로 의견을 한 번 들어보는 것이 어떻겠습니까?"하고 나에게 물었다.

"예! 좋습니다." 하고 대답했다.

팀장이 전화를 하고 좌석에 돌아와서 피고소인 최낙승(필자의 삼종조카 11세 아래: 9촌 조카)씨가 하는 말이 '서류를 전부 가져가서 점검을 받아 조금이라도 잘 못이 없으면 필자 (최관호)를 무고죄로 고소하겠다고 말했다고 했다.'

전철을 타고 오는 중 전화가 와서 받으니 최낙승이다. "종중 토지명의가 최경호 종손명의로 등기가 되었으니 고소장을 빨리 취소하고 최경호 명의로 고소하라!"고 했다. 전화로 고소를 취소하라고 협박했으며, 도리어 무고죄로 고소하겠다. 고 했다,

이에 따라 쌍방이 수십 번 고소장이 오가게 되었다.

피고소인 최낙승은 도리어 필자를 부산지방검찰청 2016형제 79975호로 무고협의로 고소 해 각하 되자 다시 부산지방고등검찰청에 2016년 고불항 2304호에 상고 했다.

고등검찰청 2016 고불항 2304호의 내용은 다음과 같다.

따라서 필자는 무고상고장에 대해 다음과 같은 증거자료를

제출했다.

무고항고에 대한 무고고소

고 소 인 :최 관호 부산시 북구 효열로
피고소인 : 최 낙승부산시 해운대구 대천로

상기 고소인 최관호는 부산지방검찰청 (2016년 형제 79975호)와 고불항 2016년 2304호의 관련입니다.

고소인 최관호는 2001년 종중 총무를 할 사람이 없어 (총회 중, 전 총무 최강호가 총무문서를 던지고 가버렸음)할 수 없이 자청 해 종중의조상숭배 정신으로 봉사하기 위해 총무를 맡게 되었습니다.

6년 후 해마다 추석이 가까워오면 선산에 50여기의 벌초를 하려면 큰 고역이었다. 또한 앞으로 제각을 지어야 함으로 제각을 지으려면 적어도 3~5억 원이 있어야 하며 괜찮게 지으려면 몇 10억 원은 있어야 건설할 수 있다고 했다. 선조들이 남긴 종토를 다 팔아도 산골이 되어 (그때는 지가가 안 올라) 그것으로는 제각 건설을 생각할 수도 없고 또한 건물을 관리하려면 보수유지비와 관리비도 무시할 수 없었다. 가족묘를 설치해 바로 묘 앞에서 시제를 모시는 것이 조상숭배를 합리적으로 하는 것이라는 방법을 찾은 것이다. 그래서 필자가 가족묘 설치의안을 작성해 2006년 9월 20일 고성군 구만면 주평리 (최대영씨 댁)총회서 석재공장 2곳의 견적서를 받아 13계단의 가족묘 설치승인을 받았습니다.

그러나 2006년 12월 11일 시제 후 총회 중 (최순낙 댁)반대자가 많아 중단되었습니다. 고소인 최관호는 임기가 지났으나 총무 직을 사퇴하려니 할 사람이 없어 향후 1년간 더 연장한다고 종원들에게 안내문을 돌렸습니다. 그러나 다음 해 봄에 다시 가족묘 설치가 거론되었습니다. 피고소인 최낙승씨는 가족묘 설치를 한다니 자청 해 총무를 하겠다고 (내용증명 1항)심장수술을 받은 아내가 안식을 취하고 있는 집까지 쳐들어 와서 총무 직을 빼앗아 갔습니다.

가족묘 설치가 끝난 후 총결산서와 종토 매도에 관한 문서를 공개(내용증명 4항)할 것을 수년 간 요청했으나 공개하지 않았습니다.

2016년 5월 1일 묘사 후에 종중 돈 회계 관계로 3~4시간을 다투었다. 고소인이 "왜 회계결산서 처리를 안 하느냐?"고 하니 피고소인 최 낙승은 "총무를 안 한다"고 했다. "내게 빼앗아 갈 때는 언제고 총회를 해 종회에 알리지도 않고, 마음대로 그만 두느냐?"고 했다. "그만 둔지가 벌써 언젠데 그것도 모르느냐?"고 했다. (그날도 묘제 때 금전 지출을 했음) 이상과 같이 종회를 거치지 않고 총무를 빼앗아 간 1년 후 설치공사가 끝나고 나니 그만두었다고 한 것은 가족묘 설치 공사대금 횡령에 뜻을 두었기 때문입니다. 종토매도 총회결의서와 결산서의 진실을 알기 위해 공개할 것을 내용증명과 고소장으로 요청하니 오히려 고소 자를 처벌하기 위해 고소장을 허위작성 했으므로 무고항고에 대해 무고혐의로 고소합니다.

무고상고에 대한 증거 내용

상기 피고소인 최관호는 부산지방검찰청 2016 형제 79975호와 부산고등검찰청 2016고불항2304호와관련입니다.

상고인 최낙승은 종토를 종중규약에 따라 매도하지 않았고, 가족묘지 설치를 하면서 결산서를 수차례 공개 할 것을 요청해도 공개하지 않고, 내용증명을 받은 후 전화로 내가 공개해야 할 의무가 없다고 해 고소장을 접수하니 취소하라고 협박해 고소를 하니 도리어 무고혐의로 고소했으므로 아래와 같이 증거자료를 제출합니다.

1. 무고항고에 대한 증거자료

가. 무고항고 : 도리어 피고가 된 필자를 2016, 5월 일자불상경 불상지에서 북부경찰서 민원실에서 알 수 없는 경찰관에게 고소인 최낙승을 형사처분을 받게 할 목적으로 허위내용 고소장을 작성해 주었다고 됐다.

답변 증거자료 : 최관호(필자)는 이 사건의 고소장은 북부경찰서에 2016년 5월 11일 민원실을 거처 직접 접수 해 최현진 조사관에게 조사를 받았다, 피고소인 최관호는 2006년 12월 11일

계획했던 가족묘지 설치가 종원의 반대로 인해 중단되어 총무 직을 사퇴하려니 할 사람이 없었다. 따라서 총무 직을 1년 더 연장하기로 했다. 고소인 최낙승은 다음 해 봄 종회를 거치지 않고 필자의 총무 직을 빼앗아 가서 총무를 했다. 경남 고성군 구만면 주평리 답630번지 외 2건을 종회를 거치지 않고 불법 매도하고 도리어 피고소인 필자를 처벌하기 위해 무고로 상고까지 한 사건인 것이 증명 될 것입니다.

나. 무고항고 : 경남 고성군 구만면 주평리 630번지 종토를 매도함에 있어 사전 종회원들에게 통보도 하지 않고 임의로 매도한 사실이 없는데 고소인 최관호가 형사처분할 목적으로 무고했다고 됐다.

증거자료 답변 : 최관호는 2016, 6, 29일 동부지청 검사는 불기소이유고지서에 종토매도를 대표의 동의를 받아 매도했다고 했다. 그러나 전주최씨주천종친회 종중규약 6~7조에 종토를 매매 할 때는 대의원 2/3이상 찬성을 받아야 한다는 것을 제시해 상고하니 다시 대의원의 동의를 받았다 고 해서 대의원에게 확인하니 종토매도 통보를 받은 사실이 없었다. 대의원의 확인서를 받아 제출하니 다시 회의록과 대의원개편을 했다고 2016년 9월 28일 우편으로 부쳐왔다.

회의록을 개편하여 확인자 인감 첨부 자를 최민호, 최윤종 이라고 됐다.

다. 개편확인자 최민호는 2016년 6월 1일 11시30분에 자신의 점포에서 피고소인 최관호가 "대의원이 있느냐?" 고 물으니 "없다." 고 대답했다. 다시 그 우편 사신으로 고소장에 첨부했더니 이기영검사는 불기소이유고지서에 고소인(최낙성)이 혼자서 작성했다고 됐다.

그러나 고소의 유호기간이 지난 등기등본 1건만 첨부해 공소권 없음이 되었다. 다시 유효기간이 있는 2건을 첨부해 5번째 사문서허위작성 혐의로 해운대경찰서에 조사를 의뢰 했다. 대의원 인장까지 도용해 허위 작성을 5번이나 해 놓고, 종회원들에게 통보하지 않고 임의로 매도한 사실이 없다고 한 것은 논리와 법리에도 맞지 않는 증거이다.

라. 고소인(최낙승)은 일자불상경 불상지에서 가족묘 설치 총예산금액 53,717,200원 중 고성군구만면 주평리 산 80-4번지에 가족묘 설치 금액37,470,000 원을 사용하고 잔금 16,247,200원을 횡령했다고 하여 형사처분할 목적으로 고소장을 작성해 무고 했다고 됐다.

증거자료 답변(최관호) : 가족묘지는 종원의 반대로 인해

2006년 12월 11일 시제(時祭) 후 중단 되었다. 2007년 초에 다시 가족묘 설치가 거론 된 후 고소인 최낙승은 종회원 총회 없이 총무의 장부를 빼앗아 갔다. 피고소인 최관호가 묘지조성을 처음 계획 할 때 2곳의 석재공장 견적서를 받아 2006년 9월 20일 구만면 주평리 (최대영댁)총회서 서명날인 승인을 받아 한 것은 13계단을 계획 설치함에 공사비가 37,470,000원이 예상되었다.

고소인 최낙승은 임의로 13계단을 5계단으로 축소해 설치금액은 18,385,000원이 예상 되므로 34,332,200원을 횡령한 것이다. 그러나 결산서를 공개하지 않으므로 정확한 금액은 알 수 없었다. 또한 양 가문에서 각각 900만원을 추가로 내어야 한다고 함으로 1800만원을 더하면 52,332,200원이남아 있어야한다.

이에 따라 매도하지 않아도 될 종토를 매도해 지가(地價) 상승으로 막대한 손실을 초래했다. 회계가 정확하면 "왜 재정신청을 한 현재까지도 총 결산서와 종토매도 문서를 공개하지 않아 발생한 증거이다.

마. 고소인 최낙승은 2016, 5월 일자불상경 불상지에서 내용증명에 의한 고소장의 접수관계로 공갈협박 한 최낙승씨를 형사처분 할 목적으로 허위 내용 고소장을 작성했다고 되었다.

증거자료 답변 :최관호는 2016년 5월 11일 10시경 고소장을

접수하고 귀가하는 전철 속에서 전화를 받으니 고소인 최낙승이었다. "종중 토지 명의가 최경호 종손 명의로 등기가 되었으니 고소장을 빨리 취소하고 최경호 명의로 고소하라!" 고 했다. "조사를 받아 조금이라도 잘못이 없으면 무고혐의로 고소하겠다."는 것이었다. "몇 번을 결산서를 보내라고 해도 왜! 안 보내느냐?" 전철 속이라 말이 안 들리니 전화를 끊으라고 해도 계속 했던 말을 해 그 후부터 전화를 받지 않았다.

2.피고소인은 공갈협박혐의로 고소

가. 피고소인 최관호는 위협을 느껴 공갈협박 혐의로 고소했다. 그러나 검사는 불기소이유고지서에서 평소와 같은 대화라고 했으나 내용증명과 같이 전화를 3~4번 한 후 집에까지 쳐들어 와서 총무직을 빼앗아갔고, 내용증명을 받고도 피고소인에게 까지 하등의 공개할 의무가 없다고 한 점, 재정신청을 한 현재까지도 종토매도 및 회계 결산서를 공개하지 않는 것을 볼 때, 평소와 같은 대화는 있을 수 없으며, 또한, 전철 속 통화에서 만약 조사를 받아 잘못이 없으면 무고혐의로 고소하겠다고 고소장을 취소하라고 협박을 했고, 전화를 끊어도 같은 말을 계속

한 것을 볼 때, 평소와 같은 대화가 아니다. 첨부된 재정신청 추가자료 반송우편물에는 칼까지 거론 했고, 고소를 못하게 심한 말로 공갈협박 한 것이 틀림없다.

　나. 그렇게 해 놓고도 종중 일은 종중회의에서 해야 할 것을 고소까지 했다고 하며, 또한, 종토 매도 때 같이 가자고 했다고 종원들에게 우편으로 거짓말과 폭언을 해 명예훼손까지 했다. 따라서 피고소인 최관호는 사실을 전 종원에게 해명의 편지를 했더니 최낙승은 반송했다. 다시 등기로 부쳤더니 또 반송했다.

　2016년 5월 1일 묘제 후 종이 한 장 없는 총회에서 종중 돈 잔금이 맞지 않아 몇 시간을 다투다가 피고소인 필자가 말을 않고 있다가 "왜! 회계결산서를 제출 안하느냐?" 고 하니 "총무를 안 한다."고 했다. 그날도 묘사 회계지출을 스스로 했다. "총무를 빼앗아 갈 때는 언제고, 총회 없이 맘대로 그만두느냐?" 고 했다.

　다. 종중회의가 항상 이와 같이 되었다. 따라서 귀가하여 내용증명을 보내고 고소장을 접수 한 것이다. 회계결산 및 종토 매도 확인서만 공개하면 재정신청까지 갈 필요가 없었다. 결산서와 매도확인서를 공개하지 않으므로 종중 불화가 발생한 것이다.

　이상과 같이 가, 나, 다, 항을 보면 이 사건은 고소인 최낙승을 무고한 것이 아니라는 것이 증명 될 것입니다.

3. 무고상고에 대한 무고고소

도리어 피고가 된 필자 최관호는 3번을 증거자료를 제출해도 응답이 없어 다시 2017년 1월 11일과 2017년 1월 16일 무고항고에 대한 무고고소를 했다. 다음날 확인하니 또 증거자료로 접수되어 사건배당 담당자에게 항의하니 다시 하라고 해 2017년 1월 23일 무고항고를 재 접수 했다. 그것은 다시 서부지청 2017형 제 7480호로 배당되었다. (고등검찰청 사건이 지청에 배당됨)

무고항고에 대한 무고고소

고소인 : 최 관호 부산시 북구 효열로 40번 ○○○동 ○○○○호
피고소인: 최 낙승 부산시 해운대구 대천로 ○○○동 ○○○호

상기 고소인 최관호는 부산지방검찰청 (2016년 형제 79975호)와 고불항 2016년 2304호의 관련입니다.

고소인 최관호는 2001년 종중 총무를 할 사람이 없어 자청 해 종중의조상숭배 정신으로 봉사하기 위해 총무를 맡게 되었습니다.

6년 후 가족묘 설치의안을 작성해 2006년 9월 20일 고성군 구만면 주평리 (최대영씨 댁)총회서 13계단의 가족묘 설치승인을 받았습니다.

그러나 2006년 12월 11일 시제 후 총회 중 반대자가 많

아 중단되었습니다. 고소인 최관호는 임기가 지났으나 총무 직을 사퇴하려니 할 사람이 없어 향후 1년간 연장한다고 종원들에게 안내문을 돌렸습니다. 그러나 다음 해 봄에 다시 가족묘 설치가 거론되었습니다. 피고소인 최낙승씨는 가족묘 설치를 한다니 자청 해 총무를 하겠다고(내용증명 1항)심장수술을 받은 아내가 안식을 취하고 있는 집까지 쳐들어와서 총무 직을 빼앗아 갔습니다.

가족묘 설치가 끝난 후 총결산서와 종토 매도에 관한 문서를 공개(내용증명 4항)할 것을 수년 간 요청했으나 공개하지 않았습니다.

2016년 5월 1일(묘사는 이전까지 음력 10월에 모셨다. 그러나 10월이면 양력 11월이므로 제각도 아닌 묘지에서 모시려면 날씨가 추워서 제수 수발을 밖에서 해야 하는 어려움이 있어 따뜻한 봄으로 택했다. 원래 제사는 1년에 4번을 모셔야한다. 2018년부터는 벌초 후 모사를 같이 하기로 했다.) 묘사 후에 종중 돈 회계 관계로 3~4시간을 다투었다. 고소인이 "왜 회계결산서 처리를 안 하느냐?"고 하니 피고소인이 "총무를 안 한다"고 했다. "내게 빼앗아 갈 때는 언제고 종회도 없이 마음대로 그만 두느냐?"고 했다. "그만 둔지가 벌써 언젠데 그것도 모르느냐?"고 했다. (2016년도 묘제 때 금전 지출을 했음) 이상과 같이 종회를 거치지 않고 총무를 빼앗아 간 후 1년 만에 공사가 끝나고 나니 그만두겠다고 한 것은 가족묘 설치의 공사대금 횡령에 뜻을 두었기 때문입니다. 종토매도 총회결의서와 결산서의 진실을 알기 위해 공개할 것을 내용증명과 고소장으로 요청하니 오히려 고소 자를 처벌하기 위해 무고 항고장을 허위작성 했으므로 무고혐의로 고소합니다.

증거자료 :불기소 이유고지서 3통, 내용증명 1통 고소장 2통, 재정신
청 추가자료 1통, 사문서위조 확인서 2통(반송 1통).대의원 개편(사신) 1
통,종중규약 1통, 횡령정정 대조표 1통

2017년 1월 16일

고소인 : 최 관 호 (인)

    상기와 같은 무고항고에 대한 무고고소를 하고나니 최윤종씨
가 만나자고 해 약속장소에 가니 부산 부전시장 입구에서 만났
다. 나는 갈비탕 집을 가자니 부전시장 대로변 차도 뒷골목에
가자고 해 가기 전에 교회 앞에 앉아서 윤종씨가 합의 이야기
나와 이야기를 하다가 끝에 가서나는 이번사건은 검찰이 5번을
사문서 위조를 하게 했다고 하며, 이 사건이 아니라도 검찰개혁
은 꼭해야 한다. 고 했다. 다시 일어나 가자는 곳을 가니 집안 동
생 인호, 양호가 술을 먹고 있었다. 자리에 앉아서 이야기가 또
낙승이와 합의를 하라고 해 그럼 다음날 낙승이를 만나기로 했
다. 검찰에서도 처리 안 할 수 없었던 모양이다. 처리를 하면 무
고죄가 적용되었을 것이다. 다음 날 윤종이가 먼저 와서 기다리
고 있었다. 윤종이는 앉았다 먼저가고 낙승이와 둘이만 의논 하
라는 것이다. 아래 참고 내용과 같이 일이 성사되지 못하였다.

무고항고에 대한 참고자료

고 소 인 :최 관호
피고소인 :최 낙승
참고자료 내용

(1) 상기 고소인 최관호는 부산지방고등검찰청 2016 고불항 1366호와 2016고불항2304호와(부산지검2016형제99820호)관련입니다. 지난 6일 종원의 주선으로 최낙승씨를 만나 회계장부를 공개하여 이상이 없으면 합의하기로 했습니다. 장부내역을 보니 총공사비는 52,717,209원이 아니라 70,700,000원 이었습니다.

(2) 가족묘지 5계단 설치 시 18,380,000원을 제하면 52,320,000원을 각종 기타 사용 영수증으로 정산해야 합니다. 다음날 영수증을 가져와서 정산하기로 했습니다.

(3) 그러나 나가면서 합의서를 던지면서 하려면 하고 말라면 말라며 마음대로 하라고 하고 경찰서 조사관이 "사문서 위조도 또한 종토매도를 했다 고해서 다 죄가 되는 것이 아니라고 했다."는 것이다. 합의서에 도장을 찍던 말든 마음대로 하라고 하면서 나갔습니다. 다음날영수증을 가져와서 정산을 하라고 했으나 나오지 않았습니다.

2017년 1월 11일
자료제공자 최 관호(인)
부산고등검찰청 1115 검사님 귀하

이 사건을 2017년 3월 7일 부산고등검찰청 1115호 검사실에서 모든 고소사건을 상호간에 취소하기로 합의했다.

그날 오후 검찰청 가기 전에 서울 형님(최○○)에게서 전화가 와서 무조건 합의하라고 했다. 아침부터 전화가 3번이나 왔다. 오후 검찰청에 가서 수사관에게 조사를 받던 중 또 서울형님에게 수사관이 전화를 해 최낙승이와 필자를 차례로 바꿔주며 나를 합의하라고 했다.

그 뜻을 지금도 알 수 없다. 형님은 항상 가족묘지에 대해 불만이었다. 서울 선친제사에 가면 언제나 가족묘에 대해 나를 잘못했다고 닦달을 하셨다.

2016고불항 2304호 사건에 나는 증거자료를 3번하고 무고항고에 대한 무고고소를 2번한 것에 검찰이 코너에 몰리니 검찰조사관이 형님의 전화번호를 어떻게 알았는지 전화를 해 나를 종용해 달라고 한 것인지 지금도 알 수 없었다. 그래서 합의를 했다.

고소인 최낙승의 2017형제1183호는(종회 없이 종회(宗會)회의록을 혼자서 작성해 서명날인 한 것임) 사문서 위조로 벌금 100만원 처분 받은 것을 취하해 달라고 해 이 모든 고소사건과 별도로 취하해 주었다. 나와서 둘이서 밥을 먹으면서 필자가 생보자 관계를 고발한 것을 행정에 취하를 해 달라고 하니 그렇게 하겠다고 했다.

그러나 그 100만원 취하해 준 것을 첨부자료를 이용 해 다시 날자와 장소미상의 대의원과 종원 회의록을 서명날인 한 것 같이 꾸며 사후승인을 받은 것 같이 해 정식재판청구를 신청해 무죄가 되었다.

또 그 자료로 피고소인 필자 최관호를 도리어 사문서위조혐의로 2017형제 5704(숭조사상 사건)호로 고소했다. 그러나 검사는 사문서 위조는 혐의 없음으로 처분했다. 또한 대종중하고 관계가 없는 서부지청 2017형제 7978호는 우리 조부 명선공의 소종중 사건으로 횡령, 및 공정증서 부실기재로 고발했다. 이 사건은 필자의 집 관계의 채무로 숭조사상(崇祖思想)에 이전되면서 횡령했다고 해 사촌 최양호, 최봉호에게 경찰서조사관이 숭조사상을 아느냐? 고 물으니 사건에 관계되기 싫어 모른다고 대답했다는 것이다. 이것이 기소가 되어 구약식에 벌금100만원을 처분 받았다. 그러나 정식재판청구를 해 선고유예를 받았다.

피고가 된 필자 최관호는 고등검찰청 1115호 검사실에서 합의 후 2016 고불항 2304호와 서부지청 2017형제7480호 및 북부경찰서에 조사 중인 사건 등을 찾아가서 취소했으며 상호간에 약속을 지키기 위해 많은 고소 사건을 한 건도 고소하지 않았다.

최낙승은 사문서위조를 5번 했고, 종토매도, 대의원 개편을 하면서 총회소집을 하지 않고 자택에서 총회를 한 것 같이 사문서위조를 했다. 필자는 2016년 8월중순경 거기에 대한 고소장 첨부할 확인서를 서울 종제 최○○에게 전화를 해 한 장을 써 줄 것을 부탁했다. 통화 중 대의원개편, 종토매도, 총회 소집을 통보받은 사실이 없다는 것을 확인하고 그런 확인서를 써자고 하니 "관여하고 싶지 않다. 나는 모른다고 했다." "그 모른다는 확인서를 써자고 하니" 끝에 가서 "알아서 하라고 했다." 그것이 승인 인줄 알고 전화를 끊었다.

확인서를 써서 증거자료에 첨부했다. 그것이 2017형제5704호의 사문서위조사건으로 도리어 필자가 벌금 100만원 처분을 받은 것이다.

검찰의 불공정한 형평성 (1)

(1) 2016년 6월 27일 검찰청에 고소인 소환을 받은 필자가 부산지검동부지청에 가니 수사관이 처음부터 "총무가 종원의 동의 없이 종토를 매도했다고 다 불법이 될 수 없다는 것이다. 내규에 따라 집행하면 된다고 했다." 불기소이유고지서에는 대표의 승인을 받아 했다고 됐다. 필자가 대표였으나 사표 후에 대표가 없

으므로 여기에 대한 추가 참고자료로 제출했다. 또한 고소인 최관호가 회장 사표 이후, 대표 및 회장 선출이 없었다. 고 했다.

(2) 우리 종친회, 규약 제6~7조에는 대의원 구성은 13명이며 종토매매는 대의원 2/3 이상의 찬성으로 한다고 되었다. 그런데 불기소 이유에는 대표의 동의를 받아 매도한다고 됐다.

다시 여기에 대해 항고하니 대의원의 동의를 받았다고 해 대의원에 확인하니 종토매매한 사실도 몰랐으며, 통보받은 사실이 없다고 한 것이다.

(3) 대의원의 확인서를 받아 2016년 9월 12일 재항고를 제출하니 담당검사가 동부지청이나 경찰서에 하라고 했다. 동부지청에 하니 고검에 하라고 도로반송 했다. 최낙승은 다시 했다는 회의록과 대의원 개편을 새로 만들어 2016년 9월 우편으로 부쳐왔다. 부쳐온 회의록에는 개편에 참여한 확인자 최윤종, 최민호의 인감을 첨부했다고 됐다. 그 우편 사신으로 고소장에 첨부했더니 검찰청 검사님의 불기소이유고지서에 피고소인이 혼자서 작성했다고 했으며, 매도한 토지가 유효기간이 넘었다고 됐다.

다시 유효기간이 있는 지적(地積)을 첨부했더니 검찰지청 검사님은 2017형제 1183호에서 구약식에 벌금 100만원을 처벌했다.

범죄 사실은 종회를 정상적으로 열어 종원들이 동의하였다는 회의록을 작성했고, 대의원들의 인장을 날인해 위조했다고 했다.

이상과 같이 5번을 사문서 위조를 해 바꾼 것이다.

(4) 필자가 사문서위조라고 벌금 100원을 처벌 받은 것은 대의원에게 대의원 회의를 하면서 통보, 날짜, 장소를 알리지 않고, 종원 회의록을 허위작성 했으므로 그 허위작한 것을 고소장에 대의원 확인서를 첨부하기 위해 대의원인 서울 종제 최○○에게 전화를 하고 작성하였으나 그때(최○○)인장이안보여 필자가 보관하고 있던 사촌 최양호 인장을 찍은 것이 알려져 벌금 100만 원을 처분 받았다. 최낙승의 5번 사문서 위조를 한데 비하면 형평성에 맞지 않는 공소이었다. 그 벌금 100만원 처벌받은 것을정식재판청구를 하여 선고유예가 된 것이다.

경찰의 불공정한 형평성 (2)

(1) 해운대경찰서 사건번호 2017-008878호와 관련이다.

상기 사건은 해운대경찰서에 2017년 7월 31일 접수되어 조사관이 바뀌어 이한운 조사관으로 된 이후 고소인인 필자(최관호)의 허리가 아파 전화로 연기신청을 하니 서면으로 하면 언제든지 다시 고소를 할 수 있다고 했다. 이 사건은 2017형제5704호에서 필자를 고소했으나 무고로 처리되어 필자가 다시 도로 최낙승을 고소한 사건이다. 서면신청을 했으나 각하 쪽으로 송치한다는 통보를 받았다.

연기신청을 하고 다시 고소를 하지 않은 사건을 경찰 조사관이 마음대로 각하 쪽으로 송치한 사건이다. 항의하니 동부지청에 송치되어 있는 사건을 도로 해운대경찰서에 반환해 놓았다.

이한운 조사관은 피고소인 최관호를 서부지청 (동부에서 서부로 이관된 사건)2017형제 5704호 본 사건을 처음 조사하면서 앞의 고소사건과 무관하니 "필자가 불이익을 받거나 민형사상 제책을 받지 않는다."는 말을 전제하고 조사를 했다.

그러나 사문서위조로 약식기소가 되어 벌금 100만원에 처벌받았다. 조사 전에 앞의 사건과 무관하여 민형사상 처벌을 받지 않는다는 말을 전제한 것은 편파적(偏頗的)인 조사였다.

(2) 부산지방검찰청서부지청 2017형제 7978호와 고검 2017고불항1118호는 소종중(小宗中) 사건 이였다. 대종중 사건과 이 사건과는 관계없는 필자 조부(祖父) 소문중(小門中) 일을 최낙승씨가 횡령 및 사문서위조로 고발 한 사건을 북부경찰서 송

치번호 2017-003016호를 조사관 김혜경 경사는 피고 주위에 있는 사람까지 조사를 하면서 검사의 수사지휘라고 했고, 끝내는 사촌 최양호, 최봉호에게 숭조사상을 아느냐? 고 물었다. 관련되기 싫어서 모른다고 해 필자가 기소유예가 되었다. 고소가 아닌 고발 사건을 2~3개월간 조사한다는 것은 과잉되고 편벽(偏僻)된 조사였다, 횡령은, 혐의 없음이 되었고, 사문서위조, 사문서 행사도 기소유예가 되었다.

(3)여기에 비하면 동부지청 류검사는 2016형제30761호의 피의자 최낙승씨의 범죄는 자택에서 혼자 대의원이 참석한 것 같이 종중회의록을 꾸몄다는 것은 2007년 12월 20일 경이라고 했으나, 종토매도의 공소시효 유효기한을 넘기려고 한 것이다.

그 증거로서 집안 큰 어른인 고소인 최낙승의 삼촌은 3년 전 사망했다. 2007년에는 살아계셨는데 대의원에서 제외시킬 수 없는 어른을 제외시킨 것을 보면, 혼자 꾸몄다는 작성날짜는 분명 사망 이후가 된다. 따라서 2007년이 아니라 2014년 이후가 됨으로 종토매도 유효기간 이내임을 알 수 있다.

(4)피고소인 최관호가 2007년 총무사퇴 이후 대의원과 종원의 서명 날인을 한 회의가 없었으므로 사후승인을 받은 대의원

개편과 종원회의 통지서 날짜. 장소와 서명날인을 서부지청 2017형제 14652호를 북부경찰서에서 조사받을 때 조정익 조사관에게 고소장에 기재한 것을 거론하니 이것은 별도로 고소하라는 것과 또한 북부경찰서 송치번호 2017-003016호 조사관 김혜경 조사관은 피고의 조부 소종중(小宗中) 고발사건을 2~3개월 간 검사의 수사지휘라는 명목으로 조사한 수사는 편파적(偏頗的)이고 불공정(不公正)한 수사였다.

이것은 보행자가 교통위반을 했다고 길가는 행인이 교통위반자를 파출소에 끌고 가서 고발한 것과 같은 사건을 2~3개월을 조사한 것과 마찬가지입니다.

2018년 3월 31일

페이스 북에 등재

최낙승의 100만원 벌금은 상소 안했으면 면제였다.

최낙승은 부산고검 1115호실에서 모든 고소사건을 취소하기로 약속한 후 다시 필자가 모든 고소사건과 관계없이 사문서 위조로 처분 받은 100만원을 취하해 준 자료를 가지고 필자를 도로 고소했다. 필자가 서부지청 2017형제 5704호의 벌금 100만원을 처벌 받은 것이 이와 관련된 사건이다.

필자가 최낙승씨 100만원 처분 받은 것을 취하해 준 그 자료로 필자를 도로 고소해 필자가 100만원을 도로처분 받았다. 그냥 있을 수 없어 필자가 2017년 형제 1183호를 취하해 준 100만원에 대한 증거자료를 작성해 부산지방법원동부지원에 제출했다. 증거자료도 소용없이 피고 최낙승은 무죄로 판결을 받았다.

부산지방법원동부지원 판결요지

주문
피고인 무죄.
이 판결의 요지를 공시한다.

이유

1. 공소사실 요지

가. 피고인 최낙승은 2007년 1월 1일부터 2007년 2월 7일까지 전주최씨추천종친회의 총무로 있으면서 종중소유의 토지인 경남 고성군 구만면 주평리629 및 630번지 토지를 배익구에게 매도하기 위해 소유권 이전에 필요한 종중 대의원 회의록을 작성하기로 마음먹고 2012. 4. 8일경 부산 해운대구 대천로 56.○○○동○○○호에 피고인의 자택에서 행사할 목적으로 위 종중 토지 매매 안건에 대해 9명의 대

의원들이 찬성 또는 반대를 선택하여 날인하도록 하는 '전주최씨주천종친회 대의원 회의록'을 컴퓨터를 이용하여 작성하면서 대의원 명단에 (참고인 형님) 최○○와 (참고인 종제) 최○○의 성명을 기재하여 출력 후 최○○와 최○○의 허락이나 동의 없이 그전부터 보관하고 있던 인장을 회의록 찬성 란에 임의로 날인하였다. 이로써 피고인 최낙승은 사실증명에 관한 사문서인 최○○ 및 최○○ 명의의 '전주최씨주천종친회 대의원 회의록' 1매를 위조하였다.

나. 위조 사문서행사

피고는 2012. 5. 30. 17;46경 경남 고성군 고성읍에 있는 창원지방법원 고성등기소에서 위와 같이 '위조한 전주최씨주천종친회 대의원회 회의록'을 그 정을 모르는 위 등기소 직원에게 마치 진정하게 성립한 것처럼 교부하여 이를 행사하였다.

2. 피고인의 주장

이사건 회의록 작성 당시 최○○, 최○○는 추정적이나마 위와 같은 회의록 작성에 동의 하였다.

3. 판단.

가. 사문서 위, 변조 죄는 작성권한 없는 자가 타인 명의를 모용 하여 문서를 작성하는 것을 말하는 것이므로 사문서를 작성, 수정함에 있어 그 명의자의 명시적이거나 묵시적인 승낙이 있었다면 사문서의 위, 변조 죄에 해당하지 않고, 한편 행위당시 명의자의 현실적 승낙은 없었지만 모든

객관적 사정을 종합하여 명의자가 행위 당시 그 사실을 알았다면 당연히 승낙했을 것이라고 추정되는 경우 역시 사문서의 위, 변조 죄가 성립되지 않는다(대법원 2003, 5. 30. 선고 2002도 235 판결)

나. 이 법원이 적법하게 채택, 조사한 증거들에 의해 인정되는 사실에 다음의 각 사정들까지 종합하면 최○○, 최○○는 이 사건 회의록 작성에 대하여 추정적으로 나마 동의하였던 것으로 보이고, 달리 검사가 제출한 증거들만으로는 이에 반대되는 사실을 증명하기에 부족하다.

즉, ① (참고인 종제)최○○는 수사과정 및 이 법정에서 문중의 토지를 팔아 묘지조성공사 대금으로 지급한다면, 이를 반대할 이유가 없고, 동의하였을 것이다. 는 취지로 진술하였다.

② (참고인 형님)최○○도 이 법원에 '만약 그 회의에 참석하였다면 당연히 찬성하였을 것이다.' 라는 취지의 확인서를 제출하였다.

4. 결론

따라서 이 사건 공소사실은 범죄의 증명이 없는 경우에 해당하므로 형사소송법 제325조 후단에 따라 피고인(최낙승)에게 무죄를 선고하고, 형법 제58조 제2항 본문에 의하여 판결의 요지를 공시한다.

판사 김도균

위와 같이 부산지방법원동부지원에서 최낙승씨가 승소했다.

필자는 이 사건에 최낙승에게 구약식 벌금 100만원을 처분한 담당검사 류수헌 검사를 찾으니 통영으로 가 계신다는 것이다. 통영지방검찰청에 전화를 하니, 통영지검 여직원이 받았다. "부산지방법원 동부지청 2017고정 1183호 (최낙승 벌금 100만원) 사건으로 전화를 합니다."고 하니, "지금은 담당 검사가 바뀌어 부산동부지검 공판검사가 담당한다는" 것이다. 부산지검 동부지청 공판검사실에 전화를 하니 여직원이 받았다.

"공판검사님을 바꿔달라니" "무슨 일이냐?"고 물었다. "부산 동부지원(2017고정427의 1183호)의 사건입니다." 담당여직원에게 "공판검사님이 이 사건에 대해서 공소 한다는 말이 없으십니까?"하고 물으니, 전화를 받은 여직원이 "아마 하지 않으실 모양입니다."라고 말하며 "서류를 제외 시켜놓았습니다." 라고 말하는 것이다. "항소를 한다고" 하니 "어려울 것입니다." "혹시 내일까지 서루를 제출 해 보라고 했다." 그냥 있을 수 없었다.

공판검사에게 넘어간 것을 필자가 항소장참고자료와 탄원서를 작성해 다음날 아침에 동부지원에 직접 가서 접수했다.

탄원서

우리는 과거에 거리에서 교통순경이 몸을 은닉(隱匿)해 교통위반자를 잡아 능률만 올리면 된다는 것이 통하는 사회에 살았습니다.

그러나 그것이 정도(正道)가 아니기 때문에 사회의 여론이 많아 오늘날은 쓰지 않고 있습니다. 논어(論語) 술이 7편 26장에는 익불석숙(弋不射宿)이라는 구절이 있습니다. 주살질을 하되 잠자는 새는 쏘아 잡지 않는다고 했습니다. 이것은 정도가 아니기 때문입니다. 민주화가 된 지금도 법원이 과거 판례만 가지고 효율성(效率性)만 따지는 것은 법이 정체성(停滯性)을 벗어나지 못하고 있기 때문입니다. 능률(能率)을 따지자면 청성산 개구리 사건, 밀양송전탑사건, 원전 주위 막대한 전자파 보상 문제, 제주해군기지사건 등이 필요 없고, 민주화도 필요 없습니다. 국가의 대사야 그렇다 치고 친족관계의 화합(和合)하게 처리해야 할 일을 가지고 독선적(獨善的)이고 일방적(一方的)으로 혼자처리 한다는 것은 크게 잘 못 된 생각입니다. 그리고 아직도 사후동의를 받았다는 최완호는 부모 묘(墓)도 가족묘지에 이장을 않고 있으며, 달천공 종손인 최용호도 부모 묘(墓)를 이장하지 않고 있습니다. 또한, 사회 질서의 기초가 되어야 할 친족관계 일을 가지고 국가에서 하는 대사와 같이 처리한다는 것은 크게 잘 못 된 생각입니다. 공판담당검사님께서 재고해 주시기를 바랍니다.

탄원인 최 관호드림
부산동부검찰청공판담당검사님귀하

이상과 같은 탄원서를 올려서 '탄원서가 통했는지? 최낙승씨 혼자서 종회원의 허위(虛僞) 총회회의록을 만들어 날인한 것을 알았는지' 공판검사님께서 항소를 안 한다고 제쳐 놓은 판결문을 부산고등법원에 항소를 해 주시어 부산고등법원에 접수가 되었다. 동부지방법원에서 승소한 최낙승은 고등법원에 가서 기각 되어 패소를 당했다. 최낙승은 다시 대법원에 상고를 했으나 또 상고 기각을 당해 필자가 취하(取下) 해 준 벌금 100만원 면제 처분 받은 것까지 도리어 물어주게 되었다.

필자가 처벌 받은 100만원에 대한 참고자료

부산고등검찰청1115호실에서 합의한 후 필자는 모든 고소를 취소했다. 그러나 최낙승은 다시 필자를 해운대경찰서 동부지청에 고소를 해 서부지청으로 이관된 2017형제 5704호 사건은 해운대경찰서에서 처음 조사한 사건이다. 이한운 조사관은 조사를 하면서 이 사건은 먼저 모든 사건과 무관하니 민, 형사상 책임을 받지 않는다고 전제하고 조사 한 사건이다.

본 사건이 시작된 원인은 최낙승씨가 부산고등검찰청에 상고 중인 불법종토매도를 동부지청에서 처음 회장의 승인을 받았다고 했다. 그러나 전주최씨주천종친회는 부동산매매에 있어 대의원 2/3 이상의 승인을 받게 되었다고 해 고등검찰청에 종중 규약을 첨부해 증거자료를 상고했다, 그랬더니 다시 대의원의 승인을 받았다고 자료를 제출했다. 그 대의원 가운데는 혼자 마음대로 개편한 대의원인 서울 형님○○ 과 종제 ○○가 들어있었다. 그래서 2016년 9월 28일 종제에게 전화로 확인서 한 장을 써 줄 것을 부탁했다.

통화 중 "대의원개편, 종토매도, 종회 소집 등을 통보받은 사실이 있느냐?" 고 물으니 "없다고 했다." 그런 "확인서를 한 장 써자고 하니" "관여하고 싶지 않다. 나는 모른다고 했다." "그 모른다는 확인서를 써자고 하니" 끝에 가서 "알아서 하라고 했다." 그것이 승인 인줄 알고 전화를 끊었다. 또 형님에게도 그와 같은 전화를 하고 확인서를 썼다.

그래서 다음과 같은 확인서를 썼다.

확인서

주소 : 서울특별시
성명 : 최 ○○ (생년월일)

위 본인은 전주최씨 주천종친회 종회원이였으나 경남 고성군 구만면 주평리 답 630번지~629번지 종답과 고성군 마암면 성전리 선대묘지를 매매한다는 것과 이에 따른 대의원 개편을 한다는 회의, 날짜, 장소의 통지서를 받은 바가 없음을 확인함.

2018년 8월 10 일

위 확인자 최 ○ ○(인)

종제 확인서는 최양호 인장을 찍고 형님확인서는 간혹 종중에 필요한 일이 있을 때는 할아버지 인장을 대용했다. 최낙승은 그 인장이 본인들 것이 아니라는 것을 인장 업자에 확인 했는지? 그 인장을 확인하고 첨부자료를 가지고 사문서 위조라고 고소한 것이다. 인장업을 하는 사람이 아니면 알 수 없다.

이상의 확인서를 가지고 최낙승씨가 사문서 위조라고 고소한 것이2017형제 5704호다. 따라서 해운대 경찰서에서 조사관이 이 확인서 관계로 전화를 해 종제에게 물었던 것이다. 그래서 필자가 2017년 5월 20일 다시 종제에게 전화를 해 확인서 관계로 경찰조사관과 통화 내용을 물으니 "확인서를 못써준다"고 말한 사실이 없다고 했고, "오래되어 잘 모르겠다. 고 대답했다고 했다." 경찰조사의 통화 자료가 잘 못 되어 사문서 위조로 피고 최 관호가 고소를 당하면 집안 동생 최윤종이에게 말해 낙승이가 고소를 취소하라고 하겠다고 했다." "다음날 08시30분에 다시 전화를 하니 최낙승이 에게 직접 전화를 해 취소하라고 말했다고 했다. 이후에 최낙승이가 서울까지 가서 형님과 종제 댁을 방문했고 종제를 다시 부산에서 또 만난 가운데 마음이 변했다고 본다.

1115호 검사실에서 합의한 후 최낙승이 만나자고 해 서면에서 점심을 먹으면서 낙승이 하는 말이 종제 최ㅇㅇ이 내려 왔을 때 봉투까지 주었다는 것이다, 그러나 다음 날 최낙승은 종제와 형님의 인장이 아니란 것을 확인 한 후 필자를 바로 사문서 위조로 2017형제 5704호로 고소한 것이다.

인장은 피고 최관호가 40년 전부터 소종중 달천공 종중 일을 보면서 증조부 묘지가 밭 한 필치, 산이 2필치로 되어 있어 이것을 통합하는 과정에서 옆의 지주인 이홍구씨와 경계(境界) 측량 관계로 법정분쟁이 있을 때 사용했고, 그 후 묘지 뒤에 도로를 넓혀 확포장공사 개설을 할 때 묘 봉분이 절개됨으로 군수에게 민원을 넣으면서 사용했고(이 비용은 필자의 사비로 하였음) 또한 종회 때 가결할 일이 있을 때 필요하면 사용했던 것이다. 오늘 까지 보관한 인장을 간혹 소종중 일이 있을 때 통상적으로 사용해 왔다. 확인서를 작성하고 종제 ㅇㅇ인장이 없어 최양호 인장을 찍고 양호에게 말한 뒤에 종제 인장이 나왔다. 그러나 종제에게 직접 확인서를 받지 않은 것은 사실이다. 고소를 당한 최관호는 약식명령으로 벌금 100만원을 처벌 받았다. 필자는 서부지방법원형사접수계에 위와 같은 참고서면과 내용증명을 제출하였다.

내용증명

발송인 : 부산시 북구 효열로

최 관호 (인)

수취인 : 서울시 중량구

최 ○○

며칠 전 전화를 했지만 이 사건은 전년 편지로서 잘 알았을 줄 믿는다. 동생 상호를 거론 했지만 자네나 나는 종토매매에 대해 알 수가 없었다. 그래도 자네는 고향에 1년에 3~4번은 가지만 나는 가족묘 설치 후는 1년에 한 번도 잘 안 간다. 일을 하면서 의논(議論)이라도 했으면 거론치 않겠다. 그런데 무도(無道)한 요즘의 세상에도 초등학교 학생에게 아버지 성함을 물으면 ○○자입니다. 고 대답한다. 따라서 이름은 임금(君), 스승(師), 부친(父)만이 부를 수 있다. 선조(先祖)의 이름을 와비(臥碑)에 존칭 없이 써놓고 묘사를 지낸다는 것은 지방에 바로 선조 이름을 써놓고 묘사를 지내는 것과 마찬가지며, 예를 들면 아들 지위 문장을 써놓고 묘사를 지내는 것과 같다. 또한 6대조의 연호도 오기(誤記)가 되어 이 사건이 시작 된 것이다. 나는 그 후 고향에 잘 가지 않는다.

내가 2016년 11월 22일경 "종중대의원과 종토 매매와 종중회의 통지서를 받은 사실이 있느냐? 고 물으니 없다고 했다. 그런 확인서를 한 장 쓰자고 하니 모른다고 했다." 그 래서 그 모른다는 확인서를 쓰자고 했다. "관여하고 싶지 않다고 했고, 알아서 하라고 해 전화를 끊었다." 또한 2017 년 5월 20일에 전화를 해 확인서 관계를 경찰조사관과 통화 내용을 물으니 "확인서를 못써준다"고 말한 사실이 없다고 했고, "오래되어 잘 모르겠다."고 대답했다고 했다. "경찰조 사의 대화 자료가 잘 못 되어 사문서 위조로 내가 고소를 당 하면 윤종이에게 말해 낙승이가 고소 취소를 하라고 하겠다 고 했다." 5월 21일 다시 전화를 하니 "낙승이에게 직접 전 화를 해 취소하라고 말했다고 했다." 남의 일처럼 수수방관 해 오래되어 모른 다고만 할 것이 아니라 사람이 조상의 빗 돌은 바르게 해 놓고, 조상숭배 하는 정신으로 진실을 가르 쳐주는 것이 우리가 후손에게 물러줄 교육이 아니겠는가? 추운날씨에 건강을 빈다. (확인서 한 장을 부탁 한다.)

2017년 12월 10일

이상과 같이 쓰고 서울 종제에게 진실 된 증거를 부탁한다고 하고 형님 댁과 각각 굴을 한 박스를 부쳐주었다. 또한 낙승이 는 봉투를 주었다 는데 아무리 선조(先祖)일이고 진실 된 증언 이라 해도 그냥 있을 수 없었다. 서울 형님에는 제사 때 고기 또는 굴을 부처 줄 때도 있었으나 종제에게는 굴을 송부한 예는 처음이다. 그런데 종제는 굴을 반송했다. 그래서 전화를 했다. "왜! 굴을 반송했느냐?" 고하니 "내가 그것을 무엇 때문에 받느냐?" 고 했다. "진실 된 증언을 해 주라고 했다." 그럼 "낙승이 한태 봉투는 무엇 때문에 받았느냐?" 고 했다. 그 뒤에 마음이 편치 못 했다.

정식재판청구참고자료

사건번호2017고약 4398 가. 사문서 위조
(2017형제5704)나. 위조사문서 행사
피 고 인 성 명 : 최 관 호
주 소 : 부산시 북구 효열로 40 주공○○○동○○○○호

약식명령 벌금 1,000,000원(일백만원)의 약식명령을 2017년 12,월 6일에 수령했습니다.
신청이유의 약식명령에 대하여 공소사실을 인정할 수 없으므로 아래와 같이 정식재판을 청구합니다.

아 래
부산지방검찰청 2017형제 7480호와 부산고등검찰청 2017고불항 2304호와 관련입이다. 2017년 3월 7일 부산

고등검찰청 1115호 검사실, 검사 앞에서 모든 고소사건을 상호간에 중지하고 차후 고소를 하지 않겠다고 쌍방이 확약했습니다. 이상 사건과 관계없이 최낙승씨가 사문서위조로 벌금 1백만 원 처벌받은 것을 취하 해줄 것을 요청 해, 취하 해주었습니다. 그러나 그것을 이용해 정식재판청구를 하여 벌금면제까지 받았고, 그 면제 받은 서류를 이용해 피고인 최관호를 사문서위조로 도로 고소했습니다.

(1) 2016년 9월 17일경 고소장에 첨부할 확인서를 쓸 때 서울 종제 최○○에게 피고인 최관호가 대의원개편, 종토매도, 대의원회의, 및 시간, 장소 통보도 없었고 몰랐다는 "확인서를 쓰겠다고 전화를 하고 썼습니다." 피고인의 사문서위조의 고소장에는 종제 최○○가 "확인서를 쓰라고 한 사실이 없다고 됐다." 는 것이다. 피고인 최관호가 2017년 5월 20일에 종제 최○○ 에게 전화로 조사경찰관과 통화내용을 확인한 결과 "확인서를 못써준다"고 말한 사실이 없다고 했다. "오래되어 잘 모르겠다."고 했다는 것이다.

(2) 종제 최○○는 전화대화가 잘 못 되어 사문서 위조로 피고소인 최관호가 고소를 당했다면 집안 동생인 최윤종에게 말해 고소 취소를 하라고 하겠다! 고 했다. 5월 21일에 다시 전화를 하니 직접통화를 해서 취소하라고 고소인에게 말했다는 것이다.

(3) 종제 최○○확인서에는 최양호 인장을 사용한 것은 소종중인 달천공 종중을 피고가 1980년부터 종회원들의 인장을 보관해 왔으며 종중에 인장이 필요할 때는 통상적으로 말하고 사용했다. 종제 최○○ 인장이 그날 안 보여 최양호

것을 사용하고 나서 다음날 보니 종제 최ㅇㅇ인장이 있었다.

　(4) 원고 최낙승은 부산동부검찰청 2017년 형제 1183호 사건에 100만원을 구약식 처벌 받은 것과 동부지청 2016 형제 30761호의 대의원을 혼자 개편함과 임원들의 허위 개편 한 일자, 장소미상과 공소권 없음을 가지고 피고 최관호를 처벌한다는 것은 공소사실자체를 받아들일 수 없습니다.

　증거자료 : 1. 내용증명 반환 1부, 등기, 자필우편 1부 (최ㅇㅇ)
　2. 벌금 100만원 취하 사본각각 1부 (최관호, 최낙승)
　3. 항고(고소) 취소장 1부. 고소 취소장 1부
　4. 허위작성 공소권 없음. 2부

2018년 1월일
위 피고인 최 관호
부산지방법원 서부지원 귀중

탄원서(歎願書)(정식재판청구서에서)

　논어 13장 안연편(顔淵篇)과 대학장구 4장에 孔子께서 청송, 오유인야, 필야무청송호(廳訟을 吾猶人也아 必也無廳訟乎)인저 라고 했습니다. 송사를 다스림은 내 남과 같이 하겠으나, 반드시 사람들로 하여금 송사가 없게 하겠다고 했다.
　유학자들은 이 글을 잘 못 해석해 송사를 금기시 하는 뜻으로 해석했고 진실이야 어떻든 고소를 하는 것을 사갈(蛇

蝎)시 해 왔습니다.

　이 말은 진실의 실체가 들어나면 거기에 따른 죄책을 받게 됨으로 허탄(虛誕)과 거짓말이 통하지 않는 사회가 되어 스스로 송사가 없어진다는 뜻입니다. 따라서 송사를 줄이는 방법은 정의와 진실의 실체가 들어나게 하는 것입니다.

　제가 이번에 송사를 하게 된 것은 자신으로부터 가족, 친척, 이웃 또한 사회와 국가까지미약하나마 진실이 통하는 사회를 넓혀가려는 것이라고 생각해서입니다. 재판장님께서 참고 하셔서 선처해 주시면 감사하겠습니다.

2017년 6월 10일
탄원인 최관호(인)
부산동부검찰청공판담당검사 님 귀하

부산지방법원 서부지원 형사접수계

　이상과 같은 탄원서를 제출했더니 2017형제 5704호 사문서 위조로 100만원 처벌 받은 사건 벌금을 판사가 선고유예를 내렸다. 선고유예를 받고 나오면서 법원 담당자에 물으니 잘 모르겠다고 했다. 뒤에 법률공단에 물으니 2년 간 범죄사실이 없으면 면제가 된다는 것이다. 이런 검찰에 당한 자는 얼마나 억울할까? (特權 前, 상식 이론이 통하는 검찰!)

2018년 9월 14일 검찰 민원실에서 필자 최관호가 고소했다는 부산지방검찰청서부지청 2017형제7978호의 고소장을 발급 받으려가니 3일 후에 오라고 했다. 3일 후에 가니 문서발급 자는 담당검사가 불허(不許)라고 한다고 했다. 다음날 그 사건을 부산고등검찰청에 상고한 고검 2017 고불항 1118호 사건을 발급 신청을 하니 역시 발급불허라고 했다.

'같은 사건이지만 지검고소장과 고검항고장이 다를 것이니 왜? 안 된다는 것인지 상식(常識)과 이론(理論)이 이해되지 않았다.'

또한, 내 자신이 고소했다면 내용을 몰라서 발급 하려는 자는 없을 것이다. 필자를 범죄자를 만들기 위해 명의 도용을 해 고소해서 처벌을 받게 할 목적으로 고소한 고소장이 아닌가? 필자는 부산고등법원 2017고불항2304로 합의취하 한 후 고소한 것을 찾아다니며 일일이 취하해서 고소한 사실이 한건도 없었다. 그 잘 못 된 것을 밝히기 위해 발행을 받으려니 검사가 불허(不許)라는 것은 상식과 이론에 맞지 않는다.

검사의 실력부족으로 고소, 피고소인의 식별을 잘못 한 사건이거나 그렇지 않으면 검은 뒷거래가 있었던 것이다. 그 비리의 뒷거래를 철저히 밝혀 차단해야 억울하고 누명을 쓰는 자가 없어지고 국민에게 사랑받는 검찰이 될 것이다. 그 흑백을 가리지 못한 검사라면 하루속히 스스로 물러나야 억울한 누명을 쓰는 국민이 없을 것이며 도덕적이고 인성(人性)을 가진 사회가 될 것이다.

특권을 가진 검찰, 법원주위에 검은 거래자가 있는 한, 선량한 국민에게 누명을 씌우게 되어 범죄자를 만듦으로 우리사회는 반측, 부정청탁, 비도덕적인 사람만 잘 사는 사회가 됩니다. 필자는 이와 관련된 부산동부지방법원(2017고정427) 사건을 일관성 있게 추진해 대법원까지 가서 기각결정으로 승소했다.

두 번이나 합의를 해 주고도 다시 고소를 당하고 대법원까지 간 이 사건은 평범한 국민이면 80~90%는 중도에서 포기했을 것이다. 자신이 고소한 사건을 몰라서 고소장을 발급받으려는 사람은 없을 것이다. 만약 이 사건의 "발급불허"(행정소송을 하라고 했음)가 검찰의 과오 또는 검은 거래를 은익 하기위해 검찰 특권이 잘 못 적용되었다면, 범죄 중 중범죄(重犯罪)이므로 관련자들을 철저히 가려 엄벌(嚴罰)에 처해야 할 것입니다.

국민이 검찰특권을 내려놓아야 한다는 것은 비상식, 비 이론적인 것이지 공정성과 진실성의 추구특권을 내려놓으라는 것은 아닙니다. 국회는 검찰특권을 내려놓으라고 할 것이 아니라, 공정성과 상식(常識)과 이론(理論)이 통하는 검찰제도를 만들어야 합니다.

상기 사건은 처음 부산고등검찰청에서 전화가 와서 받으니 필자가 고소한 사건을 합의 하려오라고 했다. 나는 먼저 합의한 후 단 한건도 고소한 사건이 없다고 했다. 그러나 조사관은 3일 후 오후 2시까지 오라고 했다.

그 전에 최낙승씨가 인장을 가져 오라고 내에게 전화를 해 왔다. 오후 2시에 가니 조사관이 합의를 하라는 것이다. 나는 합의할 것이 없다고 했다. 먼저 2304호와 관련된 것은 다 취하해 한 건도 남은 것이 없다고 했다. 최낙승씨가 고소를 계속하니 다시 합의 하라고 한 것이라고 생각하고 좋은 것이 좋다고 생각했다. 합의 조건으로 묘의 와비에 존칭을 넣으라는 것과 낙승이는 나를 "종원에게 사과문을 쓰라고 했고," "내가 무엇 때문에 사과문을 쓰느냐?" 고 했다. 합의하고도 할 때뿐이고 다시 고소를 해서 이후 고소하는 자는 5천만 원을 내야 한다고 제의했다. '낙승이가 "그 돈이 어디서 나올 것인데?" 했다. "내야 어디에서 나오든 무슨 상관인데 라고 했다." 왈가왈부 하다가 낙승이가 안 한다고 해 밖에 나가고 나서, 한참 있다가 나도 밖에 나갔다. 밖에서 승강이를 하다가 다시 들어가서 조사관이 합의서 작성을 하면서 쌍방이 다 사과문을 쓰라고 했다. 나는 아래와 같은 사과문을 썼다. 낙승이는 못 쓴다고 했다.(사과문을 다음과 같이 썼다.)

종회원님께 드립니다.

　종원 여러분 그동안 맹추위에 얼마나 고생이 많으십니까? 그간 종원 여러분께 따뜻한 소식을 전해 드리지 못하고 항상 갈등만 유발해 1년 6개월을 제의 부덕한 일로 인해 수차에 걸쳐 고소사건이 본의 아니게 유발하게 되어 죄송하게 생각합니다.

　앞으로는 이번 일과 같이 다시 고소고발을 하지 않기로 약속했습니다. 첫째는 자기 자신부터 정직해야 되며 가정과 국가가 모두 투명해야 발전할 수 있습니다. 투명하지 못한 자신, 가정, 종족, 국가는 망하기 마련입니다. 우리 속담에 비온 뒤에 땅이 굳는 다는 말이 있습니다. 이번일로 인해 우리는 한 걸음 더 전주최씨 주천종친회가 투명하고 발전할 수 있는 가문이 될 것입니다. 앞으로 종회원 여러분의 지도와 편달을 바랍니다. 정유년의 세모와 무술년의 새해의 교차 즈음에 종친 여러분의 가정에 희망찬 행운과 건강을 빕니다.

2017년 12월 20일

최 관호(인) 드림

　뒤에 아무리 생각해도 나는 고소한 사건이 없었다. '먼저 검찰청의 소한 전화가 왔을 때 통지서를 발급하라고 할 것을 잘 못 했다고 생각했다.'

　그래서 2018년 9월 14일 부산지방 검찰청에 가서 상기 사건을 발급받으려가니 발급불가라고 해서 알게 되었다. 고소를 다시 않겠다고 한 것이 나의 머리를 헷갈리게 했다.

　필자는 그 뒤 아무에게도 알리지 않고 기존상석이 제수(祭需)를 차리려면 작아 2019년 2월 10일 고성과 배둔 석공장에 가니 오석이 큰 상석을 만들 만한 것이 없었다. 거창까지 3번을 가서 필자의 직계선조(直系先祖)만 성함 뒤에 존칭어를 넣은 와비(臥碑) 8개와 상석1개(7자)를 오석으로 된 것을 1천2백만 원에 주문해 사비를 들여 먼저 것은 제거(撤去)하고 다시 설치했다.

2018년 9월 21일 페북에서

동상이몽(同想(床)異夢)

　문대통령과 김국방위원장은 판문점만남에서 한반도 비핵화라는 명분으로 평화를 약속했다. 그러나 두 정상의 생각은 同床異夢이 아닌 同想異夢(생각은 같으나 꿈이 다름)이다.

　정은이 생각은 비핵화명분으로 대북경제 굳히기에 들어간 트럼프에 경제해제를 빅딜 해 앞으로 북의 경제성장을 베트남의 모델로 해 한국을 적화통일 시킬 생각을 하고, 문대통령은 유럽형 체제불능의 퍼주기 식으로 북에 방종의 바람을 넣어 북을 스스로 붕괴시킬 망상(妄想)을 하고 있다.

　이 두 사람은 절대로 화합할 수 없는 사상과 체제를 가지고 있다. 정은은 북을 충분히 통제할 수 있는 역량과 체제를 가지고 국제적 개방에 대응할 수 있는 기반이 닦아져 있다는 것을 이번에 알 수 있었다.

그러나 문대통령은 한국을 더 발전할 수 없는 유럽보다 더한 체제에 길들어 놓아서 국력신장은 앞으로 제한적이 되고 한계가 있을 것이다. 국가는 통제적 체제 없이 발전할 수 없다는 것을 박 정희 대통령시대와 또한, 미, 소시대의 양, 강 구도를 겪으면서 잘 보았다.

요즘은 중, 미시대가 된 원인에서도 잘 나타나 있어 알 수 있다. 구소련의 옐친이 공산주의에서 민주화를 전환함에 소련이 한 때 붕괴되는 것을 볼 수 있었고, 소련은 자유의 방종으로 인해 국력이 폐퇴되었다. 푸틴이 등장하여 모든 체제를 통제함으로 인해 경제는 다시 회복되고 있다.

그러나 중국은 공산주의에 의한 제한적 개방을 해 경제성장을 하여 현재는 미, 중의 시대가 열리게 되어 세계를 좌우하는 것을 볼 수 있다. 요즘 미, 중 무역 분쟁의 관세부과 및 홍콩의 자유의 바람에서도 잘 나타나고 있다. 문대통령은 유럽형 경제 개방과 이론이 맞지 않은 세월호 촛불을 앞세움으로 통제 불능의 나라를 만들었다.

북핵과 트럼프의 경제만 빅딜 된다면 정은은 북을 마음대로 통제할 수 있으므로 한국경제를 따라 넘을 설 수 있는 것은 시간문제다.

한국의 통일이 정은이가 꿈꾸는 동상이몽(同想異夢)이 되는 것은 아닌지! 국민은 염려한다. DJ가 북이 코너에 몰렸을 때 북의 내부를 가장 잘 아는 황장엽씨가 (김정일이 보다 북을 더 잘 알고 있었음) 탈북 했을 때처럼 노벨평화상에 정신이 팔려 평화통일이라는 명목 하에 북을 살려준 것이 또다시 되풀이되어 도리어 베트남 식 통일이 되는 것은 아닌지?…….

이글이 나가기 전에 트럼프와 문대통령이 노벨상에 연일 미국과 한국 언론에 거론 되었고 미국의회도 트럼프의 노벨평화상을 거론해 환호의 박수가 나왔다.

* 이 글이 페북에 등재한 후에 그 말이 완전히 사라졌다.

2018년 5월 14일
08 : 34 페북에서

통일은 수신제가치국(修身齊家治國)부터

통일도 수신제가치국평천하(修身齊家治國平天下)의 본분을 지켜야 대박이 될 수 있다. 통일이라면 우리 국민은 한번 쯤 생각해 보았을 것이다. 특히 역대 대통령이 통일 슬로건을 거론 않은 분이 없었다.

대통령마다 같은 통일을 갈구했지만, 통일의지와 방식은 각각 양분되어 있다.

다같은 평화통일이라고 하지만 박정희, 전두환, 노태우, MB 대통령은 남쪽의 자유사회체제를 북한에 전파하는 방식의 통일을 하는 의지를 가졌고, 김대중, 노무현 문재인 대통령은 체제야 어떻든 북의 뜻에 가까우면서 자유사회와 통하는 방법을 가졌다. 또한, 한편으론 이석기 같은 북에 동조하는 자도 있다.

한반도 안위와 발전에 대한 생각은 통일된 차후 문제라고 여겼다. 평화통일의 발원이 처음 시작된 것은 1968년 7월 24일, 고 박정희 대통령 재임 시 정부조직법으로 처음 평화통일을 언급했다. 그로 인해 통일원이 설치되었고, MB대통령은 1998년 2월 28일에 통일원을 통일부로 개편했다.

MB 재임 시 2010년 8·15 경축사에서 통일에 대한 비용이 약 3,00조 원이 든다고 언급했으며, 이 기금을 준비해야 된다고 했다. 또한, 북이 곧 무너질 것이라고 말했다. 북은 남쪽에서 이런 언급이 있을 때마다. 자유의 바람을 넣어 북의 주체사상을 무너뜨리는 통일전략을 한다고 여겨 서로 불신만 더 쌓였다.

북은 무너진다는 말을 속내로 불편한 심기를 벼르고 있었고, 이로 말미암아 한미 군사훈련을 구실삼아 연평 해전, 천안함 폭침까지 이어졌다.

북의 전략은 남한에 좌파, 또는 불평분자를 선동해 음으로 양으로 사회갈등을 책동하고 교란시키는 전략을 취해 왔다.

청성산 터널, 광우병 파동, 밀양 송전탑, 제주 해군기지 등의 지나친 시위와 세월호와 같이 일개 해상 교통사고를 특별대우와 극대화를 위해 사회혼란이 점화되기를 바란 것이다. 이에 따라 모든 경제, 사회가 좌초되고 있었다.

간혹 학원가에는 6, 25를 북침이라 했고 이승만, 박정희 대통령과 건국을 부정함이 있었고, 심지어 국회 내에서도 북한과 뜻을 같이하는 의원이 있어 법원에서 재판까지 받는 것을 보면 음으로 양으로 남, 남 갈등의 전략이 성공한 셈이다.

우리는 역사적 사건인 제주 4·3사건, 5·16혁명, 5·18사태 등과 동서 갈등의 내분도 아직 완전히 치유되지 못하고 있다.

여기에 소모된 국력을 돈으로 환산하면 1천5백조 원이 넘는다. 만약 통일이 되어 북의 주체사상을 치유하려면 3천조 원의 기금이 있어야 한다는 것이다.

한국은 현재 국제경쟁력에서 내리막길을 걷고 있다. 통일이라는 명분에 따라 이러한 내분을 다 치유 하려면 빈껍데기만 남는다. 세월호 사건으로 한동안 경제, 사회가 좌초될 때 혹자는 차라리 남북뿐 아니라 동서도 갈라져야 한다고 했다.

겉으로는 평화통일이라고 하지만 속내는 서로 다른 이중적 불신을 조장하고 있는 것을 보면 통일만 한다고 잘사는 사회가 되기 어렵다.

남은 북에 평화통일을 한다는 명목으로 김영삼 정부부터 MB 정부까지 총 8조 8,184억 원의 금액을 지원했다. 이 금액 중 김

대중 노무현 두 대통령 때 95%의 금액을 주었다. 그리고 김대중 대통령은 별도의 차명계좌로 지원했다 고한다.

이렇게 큰돈을 주고도 남측이 얻은 것은 핵폭탄 위협과 사회 갈등에 불을 지피는 일밖에 없었다. 2014년 10월 7일 NLL선 총격, 10일 유인물살포로 총격, 19일에 철원 군사분계선에서 총격이 오갔다. 평화통일이라는 말이 나올 때마다 북은 불바다니 하는 극언을 불사하며 위험을 조장하고 있다. 인권과 통일문제는 대외적으로 잘 알려져 있고 또한, 유인물 등으로 북을 자극해 대립하지 말고, 남북이 정상적 교류를 해야 한다. 최첨단 통신매체로 인해 북의 주민도 남이 잘산다는 것을 다 알고 있는 사실을 유인물을 살포해 총격까지 오갈 필요가 없다.

그보다 국내의 모든 갈등부터 먼저 다스려 잘살게 되면 통일은 스스로 찾아오게 된다. 수신제가치국평천하(修身齊家治國平天下)라고 했다. 고위층부터 수신(修身)을 해 국민에 이르면, 그로 인해 가정이 정제(整齊)되며, 나라가 잘 다스려져 천하가 편안해진다면, 세월호 같은 불행한 사건과 모든 갈등이 없어지며 통일은 스스로 찾아올 것이며 대박이 될 것이다.

  *이글은 박대통령 통일 대박 논에 대해 쓴 것임

2014년 10월 21일

세월호와 대통령 조화

2014년 4월 16일 세월호가 476명의 승객 중 304명의 수학여행 학생을 태우고 인천을 출발해 제주도로 향하던 중 전남 진도군 앞바다에서 침몰했다. 다음 날 박대통령이 남미를 가다가 현장에 들러 조화(弔花)를 헌화했다. 현장에 있던 유족대표 유경근은 조화(弔花)를 발로 차서 파손해 던져 버렸다.

필자가 생각하니 아무리 자식이 수학여행을 가다가 해상교통사고로 사망했지만 행패가 너무 지나쳤다. 본부인과 이혼해서 딸도 부인 앞으로 호적이 되어 있고, 현재는 유경근의 딸도 아니다. 그런데 해도 너무해서 아래와 같은 글을 썼다.

"유족대표 유경근은 들어라!"
그 조화는 박근혜 대통령 개인이 주는 조화가 아니다.
대한민국국민을 대표해 대통령이 헌화한 것이다.
국민이 주는 조화를 발길질 해 박살을 내어
파손한 것은 있을 수 없는 일이다.
국민 앞에 사과해야 한다.
이 글을 올리고 나니 유족대표 유경근은
대표를 사임하고 그 후 한동안 나타나지 않았다.

* 이상과 같은 페북 등재가 많았으나 2018년 12월 30일 이전에 것은 누군가
에 의해 삭제되고 없었다. 이글은 카톡 전송한 지인의 것을 다시 찾아 인용한
것이다.

忠武公 정신이 아쉬운 보수

최순실이 게이트로 남경필, 김용태 의원은 새누리당에 탈당했고, 김무성 의원은 탈당을 망설이다가 당에 잔류해 대통령 탄핵에 앞장서겠다고 했다. 필자가 박 대통령을 믿은 것은 한나라당이 노무현대통령을 탄핵하고 나서 차떼기 정당이 되어 국민에게 완전 한 불신을 당했다. 차떼기와 탄핵으로 말미야마 2004년 17대 총선에서 민주당이 153석, 한나라당이 121석이 되어 대패했다. 그때 최순실이 게이트와 같은 민심이 끓어올라 당이 난파선(難破船)이 되었다. 그 난파선이 된 당을 박근혜 대통령이 당시 대표가 되어 노상(路上)에 천막을 치고 천막당사 의지(意志)로서 당을 일으켜 세웠다. 그 인연으로 대통령까지 되어 당명을 새누리당으로 바꿨다. 파산(破散)된 당은 지금이나 그때나 당내 계파 갈등이 심해 운영에 장애가 많았지만 박대통령이 다 봉합해 나갔다. 그뿐 아니라 박대통령을 더욱 믿게 된 것은 전직 대통령들과는 달리 대선 당선 후 심지어 형제들까지도 철책을 쌓아 비리와 청탁이 발붙일 곳이 없게 해 더욱 믿게 되었다. 그러나 최순실 게이트가 표출되기 전까지는 전무후무한 대통령이 될 것이라고 믿었다. 그 믿음이 최순실로 인한 배신으로 변했다. 그 허탈감이란 천지가 뒤집히는 것 같았다. 많은 콘크리트 지지층들이 필자와 똑같은 심정일 것이다. 한 달이 지난 후 생각해보니 전직 대통령의 아들, 형제들이 비리와 정권 농단에 연루돼 철창에 안 간 자가 없다. 그러나 최순실의 비리와 정권 농단만큼 배신감은 없었다. 우리는 너무 믿은 만큼 그 배신감이 마녀사냥의 감정으로 변해 탄핵의 촛불이 횃불로 변한 것이 아닌지 생각해 봐야 한다. 또한 대통령의 잘못으로 당이 난파선이 된 지금 당을 버리고 떠난 남경필, 김용태 의원과 김무성 의원처럼 야당의 뜻을 대변해 대통령의 탄핵에 앞장서겠다는 것이 나라와 당을 위한 것인지 생각해 봐야한다. 그때에 대통령의 책임이 없다는 것은 아니다. 또한, 최순실이 정권 농단에는 단죄를 마땅히 가해져야 한다. 그러나 대선주자들은 임란 때 남해안에서 원균의 대패한 전선 12척을 가지고 왜군 330척을 대첩한 이순신 장군은 못 되어도 박근혜 대통령처럼 탄핵, 차떼기 당을 천막당사의지로서 대통령까지 오를 수 있는 역량은 되어야 보수의 리더 자격이 될 것이다. 여야(與野)를 둘러봐도 마땅한 리더가 없다.

국정교과서가 문제가 된 것은 역사관계 문제이다. 역사를 놓고 진보와 보수가 다투게 된 것은 진보 교육감이 선거에서 당선된 자가 전체교육감 17명 중 13명이 됐기 때문이다. 그렇게 된 까닭은 유권자가 전교조 출신 교육감 출마자를 몰랐기 때문이다. 필자도 투표하는 당일 교육감출마자 성분을 몰라 선거 벽보를 다시 한 번 보고 갔다. 투표 후에 물으니 전교조 교육감에 투표한 것이다. 선거관리 위원회에 전교조 출신경력이 빠진 것을 항의 하니 경력에 못 넣게 되었다는 것이다. 필자와 같은 투표인이 많아 전체교육감 17명 중 13명이 되었다.

박대통령 정책이 최순실 관계로 인해 탄핵과 촛불집회로 초점을 잃게 되니 교과서 국정화도 여기에 따른 부작용이 난 것이다. 국정문화를 가지고 다투게 된 것은 특히 근대의 역사 문제이다. 이것을 가지고 시비를 가리려면 끝이 없게 된다. 한 가지 예를 들면 임진왜란 때 선무원정공신록을 보면 무관으로써 선조가 1등 공신을 이순신, 권율, 원균을 추천했다.

그러나 현재 역사책이나 교과서 내용을 보면, 원균은 누가 봐도 역적이라고 할 수 있어도 공신이라고 볼 수 없다. 제주 4, 3 사건을 보아도 이것 역시 적색분자 사건이다. 노무현 대통령이 오래된 사건이라 흑백을 가릴 수 없어 일부 관련자 중 억울한 사람이 있어 면죄부를 준 것이지 적색분자 사건이 아닌 것이 아니다. 특히 남북 분단후의 이런 역사관계가 많다. 최근에 있는 사건 중 양성태 대법원장, 법무부차관 김학의 사건도 현재의 첨단 검찰과 언론이 명명백백하게 밝혀도 의혹이 풀리지 않는 점을 보면 옛날의 역사를 바룬다는 것은 불가능한 일이다. 문제는 진보 교육감이 13명이니 역사도 정은이 뜻에 가깝게 기술하겠다는 것이 문제가 되고 있다. 여기에 매달리면 국내관계뿐 아니라 특히 일본, 미국, 중국 등과 한 걸음도 더 나아갈 수 없다.

최순실의 게이트로 인해 2016년 12월 3일 저녁 2백3십만(주최 측)의 촛불이 횃불을 넘어 국민가슴에 불을 질렀다. 대통령이 4대개혁을 처음 국정지표를 내세울 때만해도 필자역시 대환영을 했으며, 적극적으로 지지했다. 노동개혁, 공무원연금개혁은 당사자들이 당한고통은 누구나 거부감이 있으므로 역대 통치자도 손댈 수 없는 어려운 난제였다. 그러나 성공적으로 개혁

해 나갈 때만해도 필자는 유럽복지에서 벗어날 수 있다는 자신감에 크게 기뻐했다. 전 세계 어느 나라도 따라 올 수 없을 것이라고 생각했다. 선진국을 뛰어넘을 수 있는 국가가 될 수 있다는 민족이라고 자부했다. 여기에는 리드 뿐 아니라 개혁의 필수인 고통분담을 따르겠다는 위대한 국민이 없으면 성공할 수 없는 혁명의 정신이 꼭 필요했기 때문이다.

그러나 최순실의 게이트로 인해 대통령은 오직 나라를 위한 그 공적은 사상누각이 되어 하루아침에 사라졌다. 도리어 범죄자가 되어 역적으로 취급되고 있는 것이다. 이로 인해 범죄인이 되었고, 국민은 마녀사냥을 넘어 정은이 인민재판보다도 더 혹독한 단두대에 올려놓고 촛불을 들어 재판에 임하고 있었다. 여기에서 개혁자 자신은 터럭 끝만큼의 오점이 있어서는 안 된다는 것을 절실히 느낄 수 있다. 필자는 그날 저녁 촛불과 이재명 성남시장의 대통령후보로써의 치솟는 지수를 보고, 역시 세계사(유럽복지)의 연역을 뛰어 넘을 수 있는 역사는 없다고 생각해 좌절감을 느꼈다. 이번 최순실에 의한 촛불로 인해 국가적으로 손익을 계산한다면 3,000조원 이상의 막대한 손실의 대가를 치르게 된 셈이다. 유럽제국처럼 선진국문턱에 들어가지도 못하고 벌써부터 앞으로 또 IMF의 추운 겨울 속에서 살아야 한다는 것을 안다면 정책변경 선택을 어렵게 생각해야 할 것이다. 대통령의 국정운영 잘 못으로 우매한 국민만 죄 없이 한평생을 음지의 거리에서 차디찬 겨울을 길바닥에서 목숨을 잃는 자들을 생각하면 올바른 통치자 같으면 잠을 잘 수 없을 것이다. 통치자는 자신의 정치운영의 잘 못이 국민의 삶에 어떠한 고통을 맞게 된다는 것을 알면 쉽게 정책을 선택할 수 없을 것이다.

4, 19이후에 장면내각은 언론의 선동에 의해 정책을 펴보지 못했고, 표류하다가 결국은 5, 16혁명으로 나라를 바로 잡을 수 있었다. 10, 26이후엔 공화당은 또 데모의 봇물로써 요즘 보수와 같이 말할 처지를 잃었고, 야당은 야당대로 정치 9단인 양김이 파벌로써 국정을 이끌어 갈 정치력을 잃었다. 혼돈을 거듭하다가 결국은 또 12,12의 군부의 강권에 의해 나라가 정리 될 수 있었다. 어제 2백30만의 횃불을 들었지만 또 언론의 정론 부재와 야당의 정치적 연착륙을 할 수 있는 믿음이 보이지 않는다면, 한국의 앞날은 없을 것이다. 그날의 촛불은 정유라의 부모 잘 만난 것도 능력이란 말에 대학생들의 촛불이 횃불이 되었던 것이다.마녀사냥을 넘어 정은이 인민재판이 된 것이다.

2016년 11월 25일

문대통령 첫 기자회견

기자대담에서 대통령께서

첫째는 "전쟁은 어느 나라도 한국과 협의 없이는 있을 수 없다"고 했다. 이 말은 미국 대통령 트럼프와는 사전 약조가 있었는지 몰라도 정은이 와는 비외교적(非外交的) 라인을 통해 밀약을 했을지 모르나 국민은 어느 누구도 사전약속은 있을 수 없다고 본다. 또한, 북과는 휴전 이후 지금까지 공동성명과 상호간에 수많은 협약이 있었지만 제대로 지켜진 일이 없었다. DJ, 대통령 햇볕정책 이후 금강산 관광, 개성공단 등을 협약한, 사업이 일방적으로 끌려 다니다가 남쪽에서 손해만 보고 중단 되었다.

북이 ICBM을 보유하고 있는 한, 한국이던 미국이던 협의해 전쟁을 한다는 것은 어느 국민도 믿지 않는다.

트럼프 대통령은 한국과 사전협의 없이 전쟁을 할 수는 없다는 것은 수긍이 간다. 그러나 북의 정은이는 전쟁을 문대통령과 협의 없이는 못한다는 것은 UN에서도 믿지 않을 것이다. 우리 국민이 보기에는 핵전쟁은 정은이 마음대로이지! 한국과 트럼프와 협의 하여 전쟁을 한다는 것은 있을 수 없다 고 본다.

둘째는 기자회견이 사전에 각본이 짜인 것이 아닌 현장에서 사회자가 직접 지정한 기자 대담을 한 것이다. 그러나 질문을 한 언론사 기자들이 거의 지방 언론사 기자와 세월호 정부를 지지하는 한계례 신문 같은 언론사 기자들의 질문이었다. 세계적으로 한국을 대표한다는 조, 중, 동 신문사 기자의 질문은 한명도 없었다. 따라서 대통령의 대답에 잘 못 된 핵심을 지적해 고치기를 권하는 질문이 없었다. 잘 못 된 정책이 앞으로 그로인해 국가에 큰 재앙 이 될 수도 있기 때문이다.

셋째는 원자력 문제이다.

원자력은 2018년 7월 27일 필자가 폐북을 통해 원자력정책을 지적했습니다. 우리나라의 전기는 1887년에 경복궁에 처음들어 왔다. 금년이 꼭 130년이 되는 해입니다. 1960년대 이전만해도 전기는 불을 켜기 위한 것이지 가정의 전기제품이나 공장의 원동기를 사용하기 위해 쓴다는 것은 꿈같은 일이었습니다. 그래서 전기수급이 이슬비만 와도 정전이 되어 항상 비상양초를 가정에서 구비하는 것이 필수적 이였습니다. 경제와 문화가 발달하면서 도시생활화 된 오늘 날 정전이 된다는 것은 생활의 마비 뿐 아니라 전 산업에도 막대한 피해를 입히게 됩니다. 경제든 문화생활이든 다시 옛날을 돌아가서 살 수는 없습니다.

못 사는 사람이 조금이라도 잘 사는 것은 행복감을 느낄 수 있지만 부자가 망해 못사는 것은 바로 절망이요 죽음입니다. 그런데 탈 원전정책은 원전사고로 인한 방사선 피해를 차단 한다는 것입니다. 그러나 우리나라는 원전 사고에 피해를 입은 국민은 지금까지 없습니다. 여기에 비하면 우리나라의 교통사고로 인한 사망자가 2018년 3,781명입니다. 탈 원전 정책을 펴는 것은 안전을 믿을 수 없다고 하지만, 이것은 우리나라의 자동차 사망자가 2017년에 4,185명이 넘으며 또한 미세먼지를많이 일으켜 더욱 위험하니 차를 타지 않고 걸어 다니자는 정책보다 못한 것입니다. 원자력은 안전만 지킨다면 이보다 더 깨끗한 에너지가 없습니다. 탈 원전 정책을 할 것이 아니라 완벽한 안전과 방사능 피해자를 없앨 수 있는 원자력 연구에 투자해야 할 것이다.

2017년 8월 19일

전기료 누진제
여론 선동만 한 언론

　박정희대통령께서 농업국에서 공업국을 전환하려니 첫째 전기가 없었다. 그래서 경영이 안 되어 공짜로 주어도 할 사람이 없는 전기 3사를 통합해 지금의 한전을 창설한 것이다. 이에 따라 70년대부터 정부에서 화력, 원자력을 많이 건설했으나 70년 말부터 80년 초까지 발전소 건설을 너무 많이 해 전력 예비 율이 높아 전기가 남아 돌았다. 그때는 국회만 열면 한전사장을 불러 남아도는 전력예비율에 대해 닦달을 했다. 고금리(高金利) 채무와 유지비가 많이 들기 때문이다. 그 당시 원전 1기를 건설하는데 3조원이 들었다. 정부에서 농업국에서 공업국으로 전환하려니 전기 생산을 위해 발전소를 건설하는 방법밖에 없었다. 발전소를 건설하려니 한전은 외국차관을 내어 많은 원전을 건설해 채무가 늘어나고 유지비와 관리비가 늘어나니 국회만 열면닦달을 당할 수밖에 없었다.

2018년 금년 8월 12일 최대소비전력이 8,518만kw다. 평소에는 7,000만kw라고 한다. 1,518만kw는 에어컨을 사용 해 발생한 소비전력이다. 1,518만kw를 원전을 생산하려면 140만kw원전을 약 11기를 가동해야 한다. 140만kw원전을 1기 건설하는데 3조7천500억 원이 든다. 원전 11기를 건설하려면 41조5,000억 원이 있어야 한다. 41조5,000억 원은 1년 중 3개월간 에어컨을 쓰기 위해 더 건설해 예비 율을 남겨놓아야 한 것이다. 이 금액과 유지비가 전력생산 원가를 올리는데 일익을 하게 된다.

전기료 누진율이 낮으면 더 많이 사용할 것이므로 예비 율을 더 높이기 위해 발전소를 더 건설해야한다. 에어컨을 많이 쓰는 가정에 누진제를 낮춰서 기본이하를 사용하는 가구에 요금을 물린다는 것은 이론상 맞지 않다.

외국의 예를 들지만 산유국과 또한 비산유국인 선진국이 에너지를 미리 타국에 확보한 나라도 있다. 언론은 무조건 누진제

전기요금의 부당성만 선동하고 있다. 합리적 방안을 먼저 제시하고 잘 못을 지적해야 한다. 아무 방안 없이 선동만 해선 안 된다.

전기료는 왜 누진젠가?

전기료를 가정용은 많이 쓰면 kwh당 누진제가 되어 많이 나온다. 많이 사용하는 자가 누진제가 부당하다고 누진제 없이 동일하게 해야 한다는 소송이 잇따르고 있다. 물건 값은 다량구매나 소량구매나 동일하게 하는 것이 상업 이론상 맞고, 또한 많이 쓰면 오히려 싸게 해주는 것이 통상적이다. 전기에 그 이론을 적용하면 누진제가 잘 못 된 것이므로 폐지하는 것이 맞다. 그러나 전기를 많이 사용함에 따라 발전설비를 늘려야한다. 원전이든 화력이든 그 설비를 늘리려면 그 비용이 막대하며 또한 님비현상으로 용이치 않다. 따라서 밀양송전탑 사건과 345kv 전자파 보상 문제와 발전과 송전선을 확대함에 따라 주민의 님비현상이 발생해 그 비용 때문에 전력산업 원가에 큰 영향을 미친다. 원전주변, 밀양송전탑, 345kv에 대한 전자파 보상은 과거의 전력산업에서 볼 수 없었던 일이다. 이런 일은 전기를 많이 쓰므로 발전 송배전은 필수적인 확장요인이 따르므로 일어난 일이기 때문이다. 또한 생산과 공급에 과거와 달리 환경관련 민원으로 인한 보상비가 많이 따른다. 기본 사용량 이상으로 많이 써서 발생한 일이니 일정한 기본 사용량 이하 자가 부담할 수 없는 것이 맞다. 이 때문에 많이 쓴 자가 그 분담을 해야 한다. 또한 기타영업용 누진제는 물가와 요즘은 다세대주택 시대가 되어 아파트의 공용은 업무용이 많으므로 관리비에 크게 영향을 미치게 된다.

1972년 이전은 대형 또는 중소 사업장이 희소 해 한 때는 화력설비의 증가로 전기가 남아돌아 전력사용량이 많은 수용가에 전기요금 체감제 혜택을 주었다. 그러나 곧 석유파동으로 인해 1년에 2번이나 요금이 오른 때도 있었다. 그 후부터 계속 누진제를 사용해왔다. 그래서 시대사항에 맞추기 위해 전기회사를 공기업으로 두고 있다.(전력관계는 2016년 8월 21일 기고한 것임)

기자회견 후 각 언론에 이를 지적한 신문은 단 한 건도 없었다.또한, 각본에 짜인 것이 아니라는 것이다. 다음 회견에는 즉석에서 사회자가 지정하기도 하고 3번째는 대통령이 즉석에서 직접지정하기도 했다. 그러나 조, 중, 동에서 질문한 기자는 단 한명도 없었다.

무항산자 무항심(無恒産者 無恒心)
진보보수(進步保守)의 편벽된 법관 (1)

맹자(孟子) 등문공(滕文公) 상 3장에 보면 유항산자, 유항심, 무항산자, 무항심 (有恒産者는 有恒心이요 無恒産者는 無恒心) 이라고 했다. 떳떳한 재산이 있는 자는 떳떳한 마음을 갖고, 떳떳한 재산이 없는 자는 떳떳한 마음이 없다. 고 했다. 사람이 먹을 것이 있어야 떳떳한 마음이 생길 수 있다는 것이다. 그러나 오직 선비만이 이 어려움을 이길 수 있다고 했다.

먹을 것이 없어 10일 이상을 굶으면 인륜(人倫)이고 일가친척이 눈에 보일 수 없다. 그럴 때는 인간의 생명존엄성은 하나의 이상적 구호에 지나지 않는다.

우리는 광복 이후부터 60년대 초반까지 자유가 주어졌지만, 생명연명(生命延命)을 위해 먹고 사는데 연연해 어떠한 자유도 오늘과 같이 제대로 누릴 수 없었다.

그 시대에 춘궁기가 되면 산에 소나무 겉껍질을 제거한 후 속에 얇은 하얀 송기(松肌)를 채취해 주린 배를 채우는 사람들을 흔히 볼 수 있었다.

그래서 봄은 소나무가 수난을 당하는 계절이었다.

그때는 6, 25사변 직후라 수도가 부산으로 천도 되어 있어 신문 중 국제신문이 한국의 대표적인 신문이 되었다. 춘궁기에 그 지면을 보면 소나무 껍질을 제거해 간혹 산이 하얗게 된 사진을 볼 수 있었다. 봄철에 소나무가 자랄 계절이 되면 껍질 속 하얀 송기에 물이 올라 먹을 수 있었다. 그 송피를 먹으면 대변이 변비가 되어 화장실에 갈 때면 큰 고통이 따랐다. 그래서 홍문에 통증이 심하게 되어 찢어지게 가난한 보릿고개라는 말이 등장하게 된 것이다.

길거리엔 아사(餓死)자를 흔히 볼 수 있었으며, 굶주려 얼굴이 누렇게 부어올라 올챙이배처럼 된 부황(付黃) 든 사람들을 흔히 볼 수 있었다. 70~80세 이상 세대들은 보릿고개라는 말을 들으면 지금도 허기지고 뼈아프게 느껴지는 때를 생각하게 된다.

그 시대는 인권이니 자유니 생명 존엄성을 논할 겨를이 없었던 것이다. 인권이란 말은 지금 북한 치하에서 찾는 인권과 자유를 찾는 것보다도 더 할 수 없는 경제적 환경인 것이므로 맹자가 말한 무항산자 무항심이란 말이 절실하게 느껴진다.

2017년 현재 북한의 국민소득은 1,074불이다. 그때 우리나라의 국민소득 1960년대 78불에 비하면 13,7배이다. 누구에게 물어봐도 현재 북한이 60년대 우리의 인권보다 낫다고 볼 수 없을 것이다.

78불 시대의 생활환경과 오늘날 3만 불 시대 생활의 인권가치를 같이 저울질한다면 이것은 형평성에 맞을 수 없다. 물론 인권과 생명의 존엄성은 물질적으로서 계산한다는 것은 있을 수 없다.

그러나 지금 산업 현장이나 교통사고가 발생했을 때 금전적 액수로 계산하는 것이 통상적이다. 그 시대의 법의 잣대로 오늘날의 경제 환경과 같이 형평성을 저울질한다는 것은 합리적이지 못하다.

법(法)법자의 글자를 풀이하면 물이 가는 것이 된다. 그 시대에 생활환경과 남북관계의 긴장 또는 노동현장에 따른 법 측도가 맞았기 때문에 대법원에서 그 시대에 그렇게 판결을 한 것이다.

오늘날 3만 불 시대에 와서 그 시대 78불의 경제적 환경을 접어두고, 개성공단이 있고 금강산을 왕래했던 때에 맞추니 2가지 판결이 나올 수밖에 없다.60~70년대의 적색분자 사건을 오늘날 재판에 다시 신청하여 손배소송을 논하는 것은 정당한 계산이라고 할 수 없다. 위안부 문제를 가지고 대법원장의 행정과 결탁을 거론하지만 위안부는 그 때 처녀공출이란 말도 있었지만 배고픈 춘궁기에 잘 먹고 잘 입고 한다는 감언이설에 자발적으로 간 사람들도 많았다. 그 것을 국가가 한 번 정리한 것을 시대가 바뀌고 정권이 바뀔 때마다. 다시 거론하는 것은 옳지 못한 일이다. 물론 일본이 잘했다는 것은 아니다.

무항산자 무항심(無恒産者 無恒心)
진보보수(進步保守)의 편벽된 법관 (2)

양승태 전 대법원장이 행정과 거래가 있었다고 신임 김명수 대법원장이 검찰에 고소를 했고. 인사에 불이익을 당한 자들에게 사과를 했다, 또한 kTx와 철도 노조, 해고 근로자 들이 대법원 앞을 점거 하며, 양승태 대법원장을 구속 할 것과 통진당 이석기 의원을 석방하라며 시위를 했다.

GM군산공장이 문을 닫게 된 것은 철도노조와 KTX같은 강성 노조의 고임금 투쟁이 일익 한 것이다. 군산공장은 1,800명 직원과 협력업체 근로자 1만 여명이 있었다. 군산공장 직원의 평균 연봉은 1억 원대이며, 중국 중칭공장의 9배라고 한다.

여기에 비하면 GM군산공장에 근무하던 많은 근로자가 직장을 잃은 것은 강성노조의 고임금 투쟁에 의해 군산공장이 문을 닫게 된 것이라고 볼 수 있다.

그 고임금으로 인해 수출이 줄고 실업자가 늘어나서 국가 경쟁력을 잃어도 김 명수 대법원장은 법의 정의와는 별개라고 생각 한 것이다. 그와 반대로 전교조. KTX, 철도노조, 군산 GM노조와 같이 강성노조로서 임금양극화를 만들었고, 그로인해 국력이 쇠퇴한 것이 국익에 배치(背馳)된다는 보수적 법관들의 사상이 이번 사건을 불러온 것이다. 만약 정권이 바뀐다면 진보성향인 신임 김 명수 대법원장도 행정부와 거래가 있었다는 의혹을 받을 수 있다. 진보 보수성향이 이번 사건을 빚은 것이니 김 명수 대법원장은 더 이상 깊이 개입한다는 것은 사법부의 큰 불행일 뿐 아니라 앞으로 국가의 불행을 더욱 초래할 수 있을 것이다.

2018년 6월 3일

뇌물(賂物)과 조문(弔問)인파

노회찬의원이 2018년 7월 23일 동생의 아파트에서 나오다가 17층과 18층 사이에 유서와 신분증을 놓고 투신자살을 했다는 비보를 들었다.

특검에서 대통령선거관련 관계에 대해 김 경수경남지사가 '드루킹 댓글 조작' 사건을 수사 중이었다. 노 회찬 원내대표에게 돈을 건넸다는 경제적공진회모임(경공모)에서 돈 4천만 원을 받고 댓글조작에 가담한 혐의로 조사가 진행되자 자살한 것이다. 그러나 유서에는 어떤 대가도 없었다고 했다. 아무관련이 없는데 4천만 원을 받았으면 사실대로 말하면 될 것이다.

돈 4천만 원 수수 관계로 허익범 특검의 수사를 앞두고 투신

자살을 했고, 이 사건과 관련이 없다고 하면 믿을 자가 하늘 아래는 없을 것이다.

허익범 특검은 매스컴을 통해 수사를 중단한다는 말을 했다.

각 매스컴과 신문에 노회찬의원이 자살함으로 영웅으로 등장했으며 조문객이 인산인해(人山人海)를 이루었다.

정의당의 지지도가 자유한국당을 앞섰고. 매스컴에서는 노회찬의 자살사건이 아침부터 저녁까지만 아니라 종편방송은 밤낮으로 다른 방송프로 없이 노회찬 자살 사건 방송밖에 없었다.

그러니 일반시민들까지도 부정으로 관련된 범죄는 접어두고 자살한자를 의인(義人)으로 추앙하여 정당한 죽음이라고 받아들여 애도의 물결이 줄을 이었다. 그래서 필자가 바로 당일 페이스 북에 아래와 같은 글을 썼다.

필자의 노회찬의원 조사(弔辭)

진실을 밝히면 될 것을
천명인 생명을 끊다니
회찬이 자네 역량이
그것 밖에 안 되는 사람인가?
고인의 명복을 빕니다.

2018년 7월 24일에 다음과 같은 글을 썼다.

이 세상에 생명만큼 귀중한 것이 없다. 고귀한 생명을 뇌물 청탁에 관련되어 고위층들이 초개같이 생명을 버린 것을 많이 보았다. 부산시장 안상영씨, 노무현 전 대통령, 노회찬의원 등 다 고위 공직자들이다.

이 시대는 돈과 생명을 구별 못 하는 세대가 되어 생명경시 풍조사회에서 살게 되었다. OECD 35개국 중 자살 율이 1위이며, 부정청탁은 29위이다. 이것은 뇌물 먹고 자살하는 자에 대해서도 고위공직자와 서민들의 조문애도의 물결문화로 추앙되면서 더욱 심화되고 있다. 부정을 해도 고귀한 생명을 버림으로서 사후(死後)에 뇌물수수에 대한 명예회복이 되는 계기가 되고 도리어 의인으로 추앙 받았다.

우리 선조들은 부정에 관련되면 지위고하를 막론하고 그 집라는 면벽(面壁)하며, 흉사가 있어도 본인은 물론 가족의 흉사라도 조문가는 것을 금기시하며 심지어 연좌제까지 두어 조상이 부정을 하면 후손들을 공직에 등용을 할 수 없는 문화까지 만들었다.

그 예로 김삿갓은 조부 김익순의 부정으로 시험장에 조부의 부정이 시험문제에 출제 된 것을 처음 알고, 벼슬길이 막혀 평생을 시인으로 떠돌다가 죽었다.

요즘은 부정을 해도 목숨만 버리면 면죄부가 되며, 조문(弔問)을 직위고하를 막론하고 국민까지 인산인해를 이루니 부정과 뇌물 먹고 자살한 자가 끊이지 않는 이유 중 하나이다. 한국은 인간생명의 존엄성인 목숨과 돈을 구분 못하는 시대에 살고 있다는 것을 잘 알 수 있다.

고위공직자가 생명의 존귀(尊貴)함을 모르는 것은 인격을 갖추지 않고,

지식만 쌓았기 때문이다. 인격자가 되려면 반드시 천성(天性)인 도덕성의 인간본성을 갖추어야 하며 인간의 본성을 갖춘 사람은 천명(天命)인 생명을 버릴 수 없다.

그래서 인명을 천명(天命)이라고 했으며, 천명이란 하늘이 사람을 살라고 명령했기 때문에 생명(生命)이라고 했다. 생명존엄성의 근원이 하늘에서 부여받은 천성(天性)에서 온다는 것을 알지 못했기 때문이다. 도덕성에 연유된다는 본성인 인성(人性)문제를 알지 못하면 모든 의식(儀式)에 대해 위선자(僞善者)는 될지언정 인격(人格)자는 될 수 없다. 자살을 한다는 것은 비인격자가 하는 것이며, 삶을 부정하므로 이러한 사회분위기 속에서는 생명존엄성에 의한 출생율과 미래세대의 인성교육(人性 敎育)에 국가가 제아무리 투자를 많이 하고, 노력해도 공염불이 될 수밖에 없다.

이 글을 올리고 나니 노회찬의원의 자살을 미화한 매스컴들이 부정적인 기사를 쓴 곳이 점점 늘어났다. 그 후에 노회찬의원의 자살로 인해 드루킹 사건을 중단하겠다던 허익범 특검이 재수사를 시작했다. 특검수사를 해도 결과는 김경수 경남지사의 수사에 대한 한계가 있었다. 2019년 3월 20일 황교안 대표는 썩은 뿌리는 뽑아야 한다고 했다. 필자는 다시 노회찬 자살을 밝히면 썩은 뿌리는 사라진다는 글을 올렸더니 드루킹 변호사가 노회찬 부인을 뇌물공여 가담혐의로 고소했다.

노회찬 의원 자살의 의문(疑問)

1. 고등교육까지 받아 누구보다 지인(智人) (논어 안연 편 22장 보임) 자의 자살(自殺)의혹?

2. 국회 특활비(特活費)까지 반납(返納)한 자가 4천만 원 금품 뇌물 수수의 의문?

3. 동창에게 받았다면, 선거법으로는 위법이나 사회통념(社會通念)으로 있을 수 있으므로 자살까지는 이해 할 수 없음?

2018년 7월 27일 페북에서

노회찬 의원의 장례가 신문, 방송매체의 의도대로 치러졌으면 자유한국당은 뿌리째 사라졌을 것이다.

이상의 글을 싣고 나니 언론과 시민들도 자살을 부정적으로 보는 사람이 많아 졌다. 장례를 치르고 나니 정의당이 자유한국당 보다 지지율이 내려갔다. 장례를 치르던 날 정의당이 2018년 7월 27~28일은 15,5%까지 올랐으며 자유한국당은 11%였다. 8월 들어 한국당은 18,6%를 상승했으나 , 정의당은 12.5%로 내려갔다. 필자의 글을 국회서 인용발언하기도 했다.

IMF와 여론지지도

일류사회가 시작 된 이후 모든 사람은 부귀영화를 선망해 왔다. 심지어 공자도 논어(論語) 술이편 11장에 부이가구야(富而可求也)인댄 수집편지사(雖執鞭之士)라도 오역위지(吾亦爲之)라고 하셨다. "부를 만일 구해서 될 수 있다면 말채찍을 잡는 자의 일이라도 내 또한 하겠다."고 했습니다. 그러므로 일류사회 근간(根幹)의 형성은 부귀추구에서 시작된 것이라고 볼 수 있다. 부귀 추구의 사회는 자연적으로 부익부빈익빈(富益富貧益貧)이 되어 가진 자의 형포가 심하게 되었고, 그에 따라 불평등하게 되어 빈자들이 공정한 분배를 요구하게 되었다. 소득 평등 재분배는 공산주의 이론보다 더 좋은 제도가 없다. 그러나 국민 소득

평균화 제도는 국가경제가 퇴보되어 경쟁력을 잃게 되었다.

구소련, 중국, 심지어 북의 정은이도 국가경제발전의 경쟁력이 떨어져 공산주의 체제에서 변화를 추구하고 있다. 또한, 유럽형 선심성 정책의 소득평균화는 국가경제의 기반을 와해시키고 경제가 퇴보된다는 것을 세월호정부도 잘 알 것이다.

정부는 저소득층 채무의 고금리에 대한 어려움을 들어주기 위해 유럽형 복지정책자금과 저금리를 시행했다. 그 결과 투기자 들이 먼저 돈의 흐름을 알고 절대 금리를 올리지 못할 것이라 예상하고 은행대출을 내어 부동산에 투자한 것이다. 저금리정책을 먼저 알고 투기자들이 선수를 친 후유증이 강남아파트를 천정부지로 폭등 시켰다. 치우친 저금리 정책자금은 오히려 나라경제에 피해를 끼치게 되었다.

선심성 유럽형 정책자금, 저금리, 최저임금제, 근로시간제한, 등에 의한 경제 활성화정책도 미국의 금리인상에 의한 국내금리를 하향 동결하는 데는 한계가 있고, 또한 디플레이션이 이어진다, 중국은 자동차와 반도체가 한국을 앞서려하고 있으며, 요즘 증시에서 연일 외국인들이 주식을 매도 해 빠져 나가고 있다. 복부인들은. 인플레로 인해 물가상승과 국내기업의 앞날에 희망이 없으니 미화, 또는 외국주식에 투자하려고 국외로 자금이탈을 하므로 연일 미화(美貨)가 상승하고 있다. 부존자원이 없는 한국경제는 일본의 잃어버린 10년이 아니라 영원히 재생 불능의 날이 올 것이라는 말이 나돌고 있다.

박대통령이 국제3대 신용평가기관의 하나인 무디스에게 Aa2 등급을 받아 일본을 앞선 것은 전 국민이 허리띠를 조르고 고통 분담을 감내해 피땀 흘려 이룬 것이다. 현재 피치는 22-에서 하향을 생각하고 있다는 것이다. 만약 경제가 잘 못 되어 과거 IMF 길을 간다면 부총리는 자리만 물러나면 된다는 생각을 해서는 안 된다. 그때 경제 담당자 들은 자리를 물러나서 혼자만 호의호식(好衣好食)하며 잘 살았다. 지금 4천만국민이 그 때와 같이 사업 파산과 직장을 잃고 고통을 당한다면 가만있지 않는다. 그 때는 파산, 실직자만 당했지만 지금은 각종 연금, 보험제도 연계로 인해 전 국민이 함께 수령금액축소를 안할 수 없으므로 불평이 하늘에 찌를 것이다.

부총리가 자리만 떠나면 자신과는 무관하다는 생각을 가졌다면 큰 오산이다. 대통령이 경제정책지시를 잘 못하면 부총리가 자리를 걸고 극간 (極諫:자리에 연연하지 않고 바른 길을 간함) 해야 할 것이다. 각 신문들도 연일 물가폭등과 제조업, 요식업의 폐업 또는 개점휴업을 보도하고 있다. 대다수의 학자들이 이 경제정책이 잘 못 된 것이라고 한다. 대통령의 경제정책이 안 되는 줄 알면서 비위만 맞추는 구신(具臣) (자리만 채우는 신하) 이 되어서는 안 된다.

나라를 끌고 가는 리드가 자국을 지상낙원을 만들려고 하지 않는 자는 동서고금에 없다. 우리속담에 가난은 나라도 어쩌지 못한다는 말이 있다. 잘 살던 가정이 사업실패로 파산하게 되면 영원히 회복하지 못하는 경우는 80~90%다. 국가나 가정이나 빈자는 발언권도 없고 국제관계, 또는 사회에서 항상 불이익과 설움이 따른다.

그러나 부는 마음대로 얻어지는 것이 아니다. 세월호정부는 공산주의, 또는 유럽형 퍼주기 같은 유사한 정책으로 경제를 추락시키고 있다.

세월호 정치는 역사관계로 인해 한 발짝도 앞으로 나가지 못하고 일본의 위안부와 강제징용으로 인한 일본의 갈등과 중국에 친교를 맺으려하나 한국의 유럽형복지와 민노총 같은 데모를 차단하기 위해 시진평은 상대를 안 한다. 북의 정은이에게 800만불과 양곡을 갖다 바쳐도 트럼프의 판문점 대담 때 정은이는 눈길을 외면했으며 심지어 북미대화에서 빠지라고 했다.

빈한한 60년대 이전의 빈국의 그 설움을 벗어나기 위해 나라

발전에 피땀 흘려 뼈를 깎는 고통을 감내한 국민을 생각한다면 자신들의 여론 지지를 얻기 위해 혹세무민(惑世誣民) 하는 정책만을 고집해서는 안 된다. 만약 IMF와 같은 국가부도에 처한다면 그때는 전 국민이 몽둥이를 들고 찾아 갈 것이다. 국회는 앞으로 장관 이상의 책임자는 자리에 물러나서 일정기간 해외 이민을 못하는 제한 제도를 두어야 한다.

2018년 7월 9일

2019년 4월 3일 보결선거(補缺選擧)

세월호 정부는 365일 만우절이다.

이 글 이후부터 여야당이 항상 상대 당 목소리에 톤을 높여 막말만 통하던 정치인들이 농담을 넣어(나경원 한국당대표가 이인영 민주당대표를 보고 말 잘 들으면 누나 밥 사줄게 등) 한 동안 정책의 말이 오갔다. 그 뒤 민주당은 자유한국당을 보고 페북에 실린 글을 인용한다는 말을 했다. 야당이 이후에 이런 글을 인용하는 것을 볼 수 없었다. 국익이 되는 국민의 소리면 어디서 인용했던, 국회의원보다 수준 높은 말을 한 것을 따지는 것은 올바른 국회의원 품위의 자격이 못 된다.

2019년 4, 3일 보결선거에 창원, 성산에 정의당 여영국 후보자가 당선 되었다.

필자는 다음과 같은 글을 썼다.

"정신 잃은 창원시민" (여영국 당선 소망)
국회 가서 노회찬 뇌물 먹고 자살한 정신을 이어받겠다.

이글 이후부터 정의당의 노회찬 정신을 이어 받자란 구호가 매스컴에서 사라졌다.

문대통령이 2018년 10월 14일 유럽 7일 간 순방을 앞두고 이번에 교황을 초청해 북에 갈 것이라고 언론은 확정적인 발포를 했다. 트럼프대통령과 북의 김정은과 문대통령이 함께 노벨평화상을 받게 될 것이라고 확정된 것 같이 보도했다. 한국과 미국의 언론이 발표해 한미 양국의 민심은 노벨평화상을 받은 것과 같은 분위기였다. 심지어 한국당마저도 문대통령의 교황방문을 적극 지지한다고 했고, 교황초청에 휩쓸렸다. 더불어민주당은 교황이 이번 문대통령의 이탈리아 방문으로 인해 북에 간다는 것을 기정사실로 발표했으며 남북통일이 바로 된 것 같이 언론이 선동했다.

필자는 아래와 같은 글을 썼다.

교황은 문대통령께 고해성사부터 먼저 받아야합니다. 그렇지 않으면 교황의 직위를 스스로 포기하는 것입니다.

문대통령이 30분간 교황 면담 중. 고해성사로 동서 화합부터 하겠다고 말하지 않는데도 남북평화통일을 위해 두려워 말고 용기 있게 나아가라고 말했으면 교황은 직위를 스스로 내려놓은 것입니다. 혹은 언론, 학자, 정치인 등이 쿠바를 비교 해 거론하지만 한국은 제주 4·3 사건, 5·16혁명, 광주 5·18 사태, 세월호 등 국내 동족상잔의 심한 갈등이 쿠바와는 크게 비교할 수 없습니다. 남북통일이 먼저가 아니라 남남 갈등부터 치유(治癒) 해 통일 하는 것이 대통령이 먼저 해야 할 순서입니다. 이것을 제쳐 두고 남북평화통일부터 거론 하는 것은 위선으로 노벨평화상에 호도되어 모든 국민의 갈등을 명분만 덮으려 하는 것입니다.

그에 따라 필자가 이상과 같은 글을 쓰고 나서 천주교에서도 과거 DJ때와 마찬가지로 북에는 교구도 없고 신자도 없으니 북에 가는 것이 어려울 것이라고 했다. 프랑스에서 이탈리아에 가서는 교황을 만나 북에 가자는 말 자체가 나오지 않았다. 노벨평화상관계는 언제 그런 말이 있었느냐는 듯 사라졌다.

2018년 10월 14일

그 뒤 프란치스코 교황의 방북 문제는 지난 10월 문재인 대통령이 유럽 순방 중 교황청을 방문해 교황의 방북을 요청하면서 주목을 받았다. 당시 청와대는 프란치스코 교황이 "북한이 공식 초청장을 보내주면 무조건 응답을 할 것이라고 말했다며 사실상 방북을 수락했다고 밝혔다. 하지만 이후 교황청은 프란치스코 교황의 방북에 대해 결정된 것이 없다는 입장을 거듭 밝히고 있는 상황이었다. 이후 2019, 11,24일 일본을 방문해 히로시마 원폭피해자를 위로했다. 교황면담 후 문대통령은 다른 말씀이 없고 남북통일을 위해 두려워 말고 용기 있게 나아가라고 말했다는 것만 발표했다.

2019년 3월 17일

정도(正道)와 권도(權道)

차기 권력관계로 인해 선거법개정을 위해 여당인 민주당이 국회의원을 300석 이상을 늘리고자 해 야 4당과 합의했다. 지역구개편으로 여당이 1석이라도 의원수를 더 늘리겠다는 계산이다. 합의를 해 놓고 나니 자유한국당이 코너에 몰렸다. 선거법 개정을 않으면 민주당과 야3당이 선거법을 개정하겠다고 해서 나경원대표가 합의 했다.

선거법개정은 과거 노무현대통령이 하자고 할 때가 가장 적당한 때였다. 왜냐 하면 대선과 총선이 다 같이 맞닥뜨려 치러지는 해이므로 함께 같은 날에 치르게 된다. 대통령 임기가 5년이고 국회의원 임기가 4년이니 양 선거가 맞아 떨어지는 해가

20년이 걸린다. 총선, 대선을 같이 하게 되면, 농촌의 농번기와 자영업자의 수고로움을 들어주게 되며 또한 국가예산도 절감하게 될 것이다.

그때는 야당인 한나라당에서 반대했다. 또한 이명박 정부에서 선거법개정을 하자고 할 때는 야당인 민주당이 거부했다.

국민은 과거부터 비례대표제 공천 때문에 금품이 오가는 것과 국회의원 수를 늘리면 혈세낭비는 물론, 의원들이 특권만 주장해 민폐를 기친다고 의원(議員) 수축소를 바라고 있었다. 언제든지 집권을 해 여당이 되면 첫 번째 정책이 선거법 개정을 하자고 한 것이었다. 2019년 3월을 들어서면서 공론화 된 것을 필자가 이상과 같은 2015년의 기고문을 등재했다.

한국당 대표 나경원 의원이 상기 기고문에 의한 것인지 합의한 것을 파계한다고 선언했다. 2019년 3월 11일 비례대표제 폐지, 국회의원 수 감축의 뜻을 거론해 궁지에 몰린 자유한국당은 퇴로를 열었다.

필자는 페북에 아래와 같은 글을 썼다.

자유한국당 초유의 국민소리 표출!
"비례대표제 폐지, 국회의원 수 감축,
이제야 국민의 뜻이 통하는군?"

이상의 글이 나간 후 민주당은 선거법개정의 말이 없어졌다.

다시 2019년 4월 25일 민주당이 패스트트랙이라는 사전(辭典)에도 없고, 철자법의 정확성을 제일로 삼는 신문, 매스컴에서도 팩스트트랙인지 패스트트랙인지 각 신문들이 각각 헷갈리게 기록했다. 그러니 국민이 알 수 없는 국회의원 수 계산법을 내세워 의원 수 늘리기를 여야 4당만 합의했다. 이에 따라 민주당이 한국당과 대립으로 국회가 마비되어 문희상 의장이 33년 만에 경호 권을 발동했다.

집권당은 차기 대선에 권력을 잡으려는 뜻만 있고, 국민이 국회의원 수를 줄이려는 뜻을 패스트트랙이란 속임수로 호도 했다. 그러나 4, 27일에 국회의원 정족수 미달로서 불발 되었다. 또한 소방공직자 국가 직으로 한다는 것과 공수 처를 둔다고 했다. 그래서 아래와 같은 글을 페북에 재 등재했다.

수고하신 소방공직자 님

소방공무원은 70년대는 중소 시군에는 무보수 의용소방대로 있었습니다. 지금은 지방공무원의 대우를 받고 있습니다. 그러나 의용소방대 이었을 때는 동해안에 큰 산불이 나지 안했습니다. 지방공직자가 되니 큰 산불이 더 나는 이유를 알아야 합니다. 만약 국가 직이 되면, 동해안 같은 큰 산불이 더 날까 국민은 염려합니다. 정부가 세월호 사고 후 책임을 물어 해경을 해체 또는 부서 폐지와 감봉을 시켰으나, 세월호 정부는 동해안 산불 이후 지방 소방직을 국가 직으로 시킨다고 합니다. 사고부서에 책임을 묻기는커녕 오히려 승격을 시키는 것은 평등해야 할 공직의 상벌에 반하는 이유가 무엇인지 의문이다.

2019년 4월 26일

또한 국민의 뜻은 수사의 공정성이지 수사권 나누어 먹기가 아니다.

2018년 6월 22일 오후 3시

이상의 두 글을 페북에 재 등재한 이후 매스컴에서는 더 말이 없었다.

그러나 문대통령은 2019, 11, 19일 소방 직을 국가 직으로 명년 4월부터 전환한다는 것이다. 4월 동해안 연례 행사처럼 나던 산불은 전선에 인한 것이라고 결론이 났다. ` 해마다 나던 동해안과 같은 큰 산불은 전선에서 발화된 것은 필자가 알기로는 이번이 처음이니 믿기지 않는다.

2019년 5월 2일 문무일 검찰총장이 해외출장 중 검경수사권에 대해 반기를 들면서 국민의 기본권에 틈이 없어야 한다고 했다. 또한 패스트트랙은 반민주주의라고 했으며, 공수처도 반대하며, 해외출장을 중단하고 귀국했다.

권력을 잡으려면 먼저 권세 권(權)자의 정의(正義)부터 알아야한다. 논어 자한편(子罕篇) 29장 주석에 권(權)은 칭추야(稱錘也)라고 되었다. 물건을 저울질 해 경중을 아는 저울추라는 뜻과 통한다. 많은 사람들이 저울추와 정치권력과 무슨 관계가 있느냐고 생각할 것이다.

물건의 경중은 저울추로서 무게를 정확히 알 수 있으나 사람의 정직성은 저울추로서 알 수 없다. 정치는 권력을 잡은 사람이 모든 사회와 사물에 대해 저울추의 역할을 해야 하니제일 막중한 일이 아닐 수 없다. 사람은 태어날 때는 선심(善心)으로 태어났지만 성장과정에 사회생활을 하다보면 모든 사물과 접촉하지 않을 수 없다. 사회생활의 사물(事物)속에서 이끌리게 되어 자기 자신의 저울추 같은 천심(天心)을 잃어버릴 때가 많다. 따라서 도(道)의 경지에 들어가지 못한 사람은 본심이 사물에 사역되어 저울추의 역할을할 수 없게 된다. 본심으로 돌아가 수신(修身)이 되면 모든 사물을 충분히 저울질 할 수 있는 사람이 된다.

맹자이루장구(孟子離婁章句) 상(上) 26장 주석(註釋)에는 범씨왈 천하지도 유정유권, 정자, 만세지상, 권자, 일시지용, 상도, 인개가수, 권, 비체도자, 불능용야, 개권, 출어부득이자야.!(范氏,日 天下之道有正有權하니 正者는 萬世之常이요 權者는 一

時之用이니 常道는 人皆可守어니와 權은 非體道者면 不能用也라 蓋權은 出於不得已者也라범씨(范祖禹)가 말하였다. 천하(天下)의 도(道)에는 정도(正道)와 권도(權道)가 있으니 정도(正道)는 만세의 떳떳함이요 권도(權道)는 일시(一時)의 운용이다. 상도(常道)는 사람들이 다 지킬 수 있으나 권도(權道)는 도(道)를 체행(體行)한 자가 아니면 쓰지 못한다. 권도(權道)는 부득이(不得已) 한데서 나오는 것이다.

먼저 도에 들어가려면 자강불식(自强不息)의 정신으로 수신(修身)이 먼저 되어야한다. 그러므로 모든 사물을 대하면서 자신을 잃지 않고 바로 볼 수 있으며 어떠한 사물 속에서도 저울추의 역할을 충분히 할 수 있다.

우리는 부정으로 인해 4명의 대통령이 교도소에 갔고 1명의 대통령이 유명을 달리했다. 그만큼 부정비리가 많아 국무총리를 임명하려고 해도 부정 비리 때문에 청문회를 통과 한 사람이 없어 심지어 장관을 임명한 때도 있었다. 또한 권도를 써서 대통령을 교도소에 보낸 자신은 도를 체행하고 있는 분인지 의심스럽다. 孟子이루장구 상 17장에 선우곤왈 남녀수수불친, 예여, 맹자왈 예야, 왈 수익, 즉수지이수호. 왈 수익불원, 시, 시랑야, 남녀수수불친, 예야요 수익, 원지이수자, 권야니라

(淳于髡曰 男女授受不親이 禮與잇가 孟子曰, 禮也니라 曰 嫂
溺이어든 則援之以手乎잇가 曰 嫂溺不援은 是는 豺狼也라 男女
授受不親은 禮也요 嫂溺이어든 援之以手者는 權也)니라 순우곤
이 "남녀 간에 주고받기를 친히 하지 않는 것이 예입니까?"하고
묻자, 맹자께서 "예이다." 하고 대답하셨다. "제수(弟嫂)가 우물
에 빠지면 손으로 구하여야 합니까?"하고 묻자, 대답하시기를
"제수가 물에 빠졌는데도 구원하지 않는다면 이는 시랑(승냥이)
이니, 남녀 간에 주고받기를 친히 하지 않음은 예이고 제수가 물
에 빠졌으면 손으로써 구원함은 권도(權道)이다." 하셨다.

우리의 정치는 정권이 바뀌면 권력핵심과 검경의 총수들이
비리와 부정에 관련되어 구속되었고 매일 뉴스에 등장했다.

권도(權道)를 알지 못하는 자들이 권을 쥐고 자기들의 욕구를
채우는데 급급하니 국민의 상도(常道)가 땅에 떨어질 수밖에 없
다. 권력은 도를 체행하지 않는 자는 쓸 수 없으며. 체행하는 자
라도 부득이 할 때라야 쓴다고 했다. 상위 층에서 권력을 쥐고
권(權)자의 뜻을 모르고 자신의 욕구를 채우기에 바쁘니 인성교
육과 출산율 저하에 예산을 아무리 쏟아 부어도 비인간의 사회
에서는 무용지물이 될 수밖에 없다.

시대를 역행(逆行)하던 유학

　문화의 근간(根幹)이 잘못되면 그 나라는 망할 수밖에 없다.
유학이 조선시대 중기에 들어오면서 오도(誤導)되어 끝내는 국
력이 침체되어 후기에 국권마저 찬탈(簒奪)당하는 수모를 겪었
다. 그것은 무엇보다도 유학(儒學)이 시세(時世)에 대한 변화를
따르지 못 한 위정자들의 잘 못이 크다. 공자사상은 무엇보다도
변화와 개혁의 사상이다. 따라서 그 시기에 처해 맞게 처세하는
것이 공자의 중용사상이다. 中은 불편불이무과불급지명 (不偏
不倚無過不及之名)이다. 중(中)은 편벽되지 않고 치우치지 않고
過와 불급(不及)이 없음의 이름이다. 라고 한 것을 잘 못 생각하
고 행한 정책이었다.

논어(論語) 20편 1장에 요왈, 자이순, 천지력수 재이궁, 윤집 기중, 사해곤궁, 천록, 영종 (堯曰, 咨爾舜아! 天地曆數在爾躬하니 允執其中하라 四海困窮하면 天祿이 永終)하리라, 요(堯)임금이 말씀하셨다. "아! 너 순(舜)아, 하늘의 曆數가 너의 몸에 있으니 진실로 그 중도(中道)를 잡아라. 四海가 곤궁하면 하늘의 祿이 영원히 끊길 것이다. 이상의 말씀과 같이 그 시세(時勢)의 변화에 따라중을 택해야 하는데 유학의 사상을 불변의 사상으로 알았던 것이다. 단지 공자님의 사상 중 오직 변화지 않는 것은 천도(天道)와 인도(人道)밖에 없다. 조선시대 후기에 외세를 막기 위해 세국정책으로 척화비(斥和碑: 1871년)를 세우기까지 했다. 시대의 변화와 개혁을 몰랐던 것이다.

현재 세월호정부는 지역을 동서와 좌우를 갈라놓고, 국민을 편향적이고 차등적 정치를 하고 있다. 남북통일을 위해 정은이에게 지극정성을 다해 800만불과 양곡 5만 톤까지 받치고도 저 자세로 휴전선까지 철폐해 놓고, 통일을 제의하지만 북의 정은이는 눈길 한 번 주지 않는다.

한국은 유럽형 방종이 지나친 자유의 바람이 북에 들어가면 김정은의 왕조는 하루아침에 권자에서 물러나야 함으로 북에서 받아들이지 않는 것은 당연한 일이다.

1703년 숙종 때 송시열 같은 학자는 사서삼경을 글자 한자라도 고치면 '사문난적'으로 몰아 사약까지 내리게 했다. 또한 구한말에는 위정척사(衛正斥邪)로 서구문물을 차단하고 대외교역을 폐쇄해 유교가 결국 국가 발전에 걸림돌이 된 셈이다.

지금 대학교, 향교, 학원에서는 중국과 일본에서도 쓰지 않은 한자를 쓰고 있고, 중국과 일본도 하지 않은 한시백일장이 조선시대를 능가한다.

중국은 1956년부터 간체자를 사용하면서 4만7천35자를 2천238자로 줄였다. 글은 정확한 전달과 배우기 쉽고 기록의 뜻을 정확히 해석할 수 있는 것이 가장 훌륭한 글이다. 한자혼용은 꼭 필요하나 중국, 일본도 쓰지 않는 옛 한자를 그대로 쓴다는 것은 변화의 시대에 역행하는 일이라고 볼 수 있다. 공자사상을 꼭 지켜야 할 것은 인(仁)과 천성으로 돌아가는 수신(修身)정신이다. 수년간을 성균관을 이끌어 왔던 최근덕 관장도 수신을 잘못해 교도소에까지 갔다.

유학은 단순한 학문지식이 아니고, 학행일치가 되어야 하는 것이 입증되었다. 성덕(成德)한 인격자가 되려면, 인(仁)과 수신(修身)정신을 꼭 먼저 해야 할 여망이요 덕목이다. 유학은 단순한 한문학지식이 아니라 지극한 행함이 따라야 유교가 될 수 있다.

2014년 4월 16일

문대통령이 2019년 7월 30일 거제에 가서 이충무공이 원균이 패전한 남은 전선 120척을(사료는 12척이 된 곳도 있음) 가지고 왜적 330척을 대파한 것을 거론했다. 대통령이 위안부, 일제 징용으로 아무소득도 못 보면서 과거 역사를 가지고 국사뿐 아니라 일본과도 갈등을 만들어 교역관계를 단절해 앞날이 안 보이게 해놓았다.

잘 나가던 경제를 반 토막을 만들어 놓고, 북의 정은이가 8번째 단거리탄도미사일을 발사한 오늘 이충무공을 인용 할 자격이 있는지 의심서럽다.

그래도 지지율(7월 30일 49,9)이 올라가니 국민이 정신이 없는 것인지 여론조사가 잘 못 된 것인지? 의문이다. 이것은 정치를 하는 것이 아니라 망치(亡治)를 하는 것이라고 볼 수밖에 없다.

2019년 7월 30일

공포(恐怖) 속 국민

노무현 대통령같이 독도는 우리 땅입니다. 미래의 국익을 위한 독도의 영유권 같은 싸움이면 필자는 할 말이 없습니다.

과거사인 위안부, 일제징용을 가지고 전(前)정권이 바뀔 때마다 몇 번을 타협한 일을 또 싸움을 해 경제를 요절나게 하고 국민의 피를 말리는 것은 정치 정(政)자도 모르는 위정자가 국가의 안위와는 먼 일만 하고 있습니다.

독도는 미래에 필수적인 양보할 수 없는 한일 경계지역의 쟁점문제지만 위안부, 일제징용은 과거 정권이 바뀔 때마다. 타협한 것이므로 아무 소득 없는 일이며, 삼척동자에게 물어도 알 수 있는 일이입니다.

이 일이 시작 된 것은 박근혜대통령이 양승태 대법원장과 재판관계의 징용, 위안부 판결관여 의혹문제에 얽혀있다. 이 일이 발생해 끝내는 그 말은 못하고 경제적문제로 비화된 것이다.

최저임금으로 인해 자영업은 다 고사 직전이고 국위를 선양하던 대기업과 협력업체의 재료공급이 차단되고 있다. 또한, 한평생을 직장에서 예금을 해 노후자금으로 준비해 증권사에 의탁한 수많은 퇴직자 및 직장인들이 지난 2019, 8, 5일 코스피가 1946,49P 전일대비 51,15P가 폭락하고 코스닥은 7P가 급락한 후 연일 하락세가 이어질까봐 밤새도록 뜬눈으로 보냈다고 한다. 그러나 위정자님 잘못으로 발생한 경제난에 대해 책임은 물론 추경 1조원을 내어 선심성 차기 총선을 공략하고 있다.

그렇게 하고도 국정에 큰 공로를 한 것 같이 세비는 꼬박꼬박 잘 챙겨가고 있다. 국민의 이 고통을 털끝만큼이라도 아는 양심이 있는 자라면 세비는 물론 있는 돈도 더 보태 헌금 할 것이다. 야당은 세월호정권이 박대통령, 양승태 죄목을 얽기 위해 저질은 일을 거론조차 않고 1조원 추경을 많이 깎았다고 술 먹은 주취까지 영상에 생색을 내었다.

여당은 국민을 일제(日製)불매운동에 극일의 횃불을 들게 해 놓고, 자신들은 일식집 영업을 돕는다고 샤케에 취해 주태백 걸음을 걷고 있고, 국민은 피를 말리는 경제 불안으로 편히 잠잘 수 있는 날이 없다고 잠 좀 자자고 한다.

2019년 8월 6일

편벽(偏僻)된 현안(懸案)문제

중용(中庸)장구에는 중(中)은 불편불이무과불급지명(不偏不倚無過不及之名)이라고 했다. 中은 편벽되지 않고 치우치지 않고 과와 불급이 없음의 이름이라고 했다.

문대통령의 虛言을 국민은 물론, 미국 트럼프, 일본 아베, 중국, 시진핑, 러시아 푸틴, 심지어 800만 불과 양곡까지 제공한 북의 정은이도 외면하고 곧이듣지 않았다.

일제 징용, 위안부에 무엇을 더 찾을 것이 있다고 정신이 팔려 독도(獨島)를 평창 올림픽기에 제외시켰고, 또 2020년 일본 올림픽에 삭제한 것을 이제야 독도 지키기, 수호 작전 훈련까지 하고, 야단법석입니까? 독도를 MB도 취임 후 일본과 협의해 처리하겠다고 해 필자가 노무현대통령은 취임 후에 "독도는 우리 땅입니다." 전제를 하고 거론 했습니다. 라고 필자가 쓴 글 이후 심지어 공기업에 있는 양여 남편 간부이던 자를 6개월이 채 못 되어 (전보(轉補)원칙은 3년임)지사에서 지점에 연속 5번을 한 직시켜 불이익을 가한 MB엇습니다. 또한, 문대통령 이후에 양녀와 헤어졌다. 2천5백 년 전 맹자도 죄인에게 연좌제를 안 한다고 했다. 정치는 부자(父子) 형제간에도 각각 뜻이 달라 싸움은 물론 무슨 말을 해도 자신의 선택을 고집하고고칠 수 없는 것을 많은 국민들이 경험했을 것이다.

그런데 권력자들은 이것을 이용해 장기 집권을 하겠다고 심지어 형제 자식까지 2.500년 전에도 하지 않은 연좌제를 음으로 양으로 이용 해 시세(時世)를 오도하려고 하고 있다. 또한, 국가의 장래를 위해 바른 말을 한 사람에게 여론을 악화시킨다고 공정해야 할 혜택에 불이익을 가하고 있다.

MB가 퇴임직전에 독도 방문한 것은 취임 후에 그 말한 것이 부담이 되어 독도방문을 했다고 봅니다. 이후부터 독도문제로 인해 한일 관계가 원활치 못 했다.

세월호정부는 국내의 과거사, 국경, 경제, 대일관계와 인국(隣國)관계를 집권 후 한 가지도 원활히 하지 못했으며, 또한 위안부, 징용 등 문제를 거론 해 더 갈등을 만들어 일본이 한국을 화이트국가에서 제외시켰다. 그렇잖아도 소득주도경제성장의 잘 못으로 고사 직전에 처한 중소기업을 더 어렵게 만들었다. 그 어려움을 돕는 다고 추경 2조원을 편성 했으니, 국민의 혈세가 천재지변이 아닌 정책 잘 못으로 발생한 것을 왜 국민의 혈세가 들어가야 합니까?

중소기업, 대기업, 심지어 공기업까지 반 토막을 만들면서 무엇을 더 얻으려고 합니까? 그리고 반측, 부정, 비리의 조국을 법무장관에 임명해 개혁의 형평성, 공정성, 혁신을 운운하고 또한, 검찰개혁은 국민을 위한 개혁이 아니고 권력을 위한 개혁을 하고 물러났다.

비 정의로운 위에 세운 정부의 수법과 같은 조국 딸 대입논문, 장학금, 박사논문, 비리, 불법을 법무장관에 임명 해 끝까지 세월호뗏법 수법으로 끌고 가야 합니까?

8월 27일 아침 윤석열 검찰총장은 조국 법무부장관 후보자 집을 아내 정경심의 범죄혐의가 있다고 압수수색을 했다. 그러나 한국당, 민주당이 9, 6일 단 하루, 청문회를 한다고 합의했다.

검찰개혁은 유권무죄(有權無罪), 무권유죄(無權有罪)가 되어서는 성공 할 수 없으며, 민주화를 위해 국민의 기본권을 세우는 것과 수사의 공정성은 누구도 할 수 없고, 타의에 의한 것이 아니라 검찰 자신들만이 스스로 개혁해야 합니다.

2019년 10, 5일 광화문광장에 보수단체가 200만 명 10월 9일은 300백만이 모였다고 했다. 그에 따라 조국지지자가 검찰개혁의 명분으로 같은 숫자의 지지자가 서초동 검찰청사 앞에 모였다 고 했다.

2019년 9월 28일 더불어 민주당이 법무장관 딸 입시논문, 각종부정청탁, 비리, 반측 등 검찰이 심도 있게 수사함으로 조국지지자들이 검찰총장 탄핵과 검찰개혁을 서초동 광장에서 모여 성토했다. 전국에서 모인 인원이 신문 방송에서 200만 명이 모였다고 했다. 이것을 보면 조국의 장관후보자가 아니었다면 말없이 잘 넘어 갔을 것이다. 여기에 지지자가 그렇게 많이 모인 것을 보면 우리사회 상위 층이 이런 부류의 사람이 많다는 실체가 드러난 것이다. 드러나지 않은 제2 제3의 조국을 이번기회에 밝혀야 한다. 그런데 문대통령이 집회인원의 힘에 의해검찰총장도 개혁안을 내어 놓으라고 언급 했다. 이것은 법무장관인 조국 수사에 관한 것이라고 볼 수밖에 없었다. 다음날 검찰총장은 특수부를 3개만 남기고 다 폐지한다고 했다.

그래서 필자가 "국민을 위한 검찰개혁이아니라 권력을 위한 검찰개혁이다. 10월 3일 한국당도 광화문 집회에 300만이 모였다고 했다. 이 사건은 2018년 9월 14일을 필자가 아래와 같은 글을 페북에 재 등재했다.

10월 3, 5, 9일 서초동 참가자는
다 적색분자 사노맹, 주사파
또는 비리, 반측, 불법과
세월호뗏법에 가까운 자들이다
.

이상지지 자들과
문대통령은 지금 국력을
추락시킨 것만도
원상회복이 어렵다.
적색분자가 많아서
일찍 나라를 정은이
에게 갖다 바친 격이니.
인민공화국 만세다.

이날 서울대, 고대, 연대 학생도 조국퇴진 운동으로 촛불을 들었고 10월 3일, 5일, 9일 양측은 또 같은 집회를 했다.

황교안 대표의 단식(斷食)

　황대표가 박찬주대장을 영입해 기자회견장에서 삼청교육대를 거론해 여당은 물론 한국당내에서도 비난하는 자가 있었다. 거기다가 2019, 11,17일 3선의 김세연의원이. 다음 선거에 불출마를 선언했다. 이에 따른 조건으로 황교안 대표와 나경원 원내총무도 같이 물러나라는 것이다. 물론 보수가 새로운 개편 없이는 이대로는 안 된다는 것을 국민은 다 잘 알고 있다. 또한 황대표가 문대통령의 면담요청을 했으나 청와대에 거절당했다. 황대표가 완전히 악수를 두어 보수의 지지자들도 등을 돌렸던 것이다.

　필자는 페북에 다음과 같은 글을 썼다. 김세연 의원은 3선 의원을 할 때까지 여당이 세월호 뗏법으로 사망자를 1인당 8억을 준 한

국역사 이래 전무후무한 차등 된 불평등을 해도 말 한마디 못했다. 돈 많은 유산보유자로 8억의 돈이 안중에도 없는 것이냐? 지금 서민은 월 30~40만원으로 생활을 하고 있는 자가 많다.

세월호 재수사를 몇 번을 해도 국민이 다 아는 사고원인과 보고체계만 수사했고 국민이 궁금한 1인당 보상금 8억이란 금액에 대해 일언반구도 없었다. 조국의 편법, 비리, 반측, 위조 불법 등을 해서 이 사회를 혼탁한 불법사회를 만들어 놓아도 말한 마디 없고, 초선도 아닌 3선이란 자가 당책임자의 한 사람으로 무엇을 했느냐? 그렇게 해 놓고도 황 대표에게만 책임을 물어 같이 사표를 내야 한다고 했다. 황교안은 7개월 된 대표로서 국회의원이 아니기 때문에 질의 할 권한도 없다. 그런데 왜 황대표가 같이 물러나야 하느냐? 이런 자가 3선이라고 당 상위 층에 있으면서 민의를 오도해 당을 좌지우지 하니 당이 될 태기 없다. "이상의 사건들을 국민의 한 사람인 필자가 책임을 지란 말인가?" 이번에 조국사건, 세월호 보상 문제는 3선 이상의 의원들에게 책임이 더 크니 무조건 물러나야 한다. (필자, 2019, 11월 19일 폐북, 기교문)

폐북에 황교안 대표의 기교문아래 댓글이 항상 1천여 개 이상 달리던 것이 박찬주대장의 삼청교육대 거론과 김세연 발언이 있었고, 또한 문대통령면담 거절 이후 댓글이 1~2백여 개가 될 때가 있었다. 김세연의 발언 후 모든 언론이 김세연을 용기 있는 정

치인이라고 영웅시 하니 인기가 대단 했다. 상기 필자의 글이 나간 이후

그런 매스컴의 보도는 보지 못했다.

황교안 대표는 출마자 배정이란 당 존망의 앞에 11, 20일 단식에 들어갔다.민주당은 코웃음을 치며 쇼를 그만 하라고 했다. 보수의원들도 별로 관심을 보이지 않았다. 조건은 지소미아, 패스트트랙, 공수처 폐지 등이 조건이었으나 지소미아는 11, 24일 한, 미, 일에 의해 연장됐다. 날씨가 11, 25일 영하 05~013℃로 오르내리는 겨울에 시멘트바닥에서 단식하는 것은 체력이 급격히 떨어져 생명이 위험해졌다. 이 추위에 시멘트바닥 단식은 DJ, YS 대표 때도 없었던 초유의 일이다. 기온이 낮아질수록 보수의원들의 뜻이 달라져 모이기 시작했다.

"25일 단식 6일 째였다."

황대표 페북 기고문 아래는 26일 하루만에 댓글이 1,328개 달렸다. 황교안 대표는 11, 27일 11시에 단식 8일 만에 의식불명으로 세브란스 병원에 이송되었다.

2019년 11월 20일 필자는 보수는 "3선 이상 출마자는 교체가 아닌 기존 지역구 외 험지 배정출마를 준칙을 삼아야 한다."고 했다.

국가유공자와 5 · 18

5·18광주문제를 정리하려면 언론에 거론됐던 5·18과 관계없는 자들이 유공자로 각종특혜와 세월호정권 상위 층에 앉아 자칭 나라를 위한다고 하고 있다. 진실로 국가를 위한다면 이들부터 특혜의 진부(眞否)를 가려야 하며, 그들이 손톱만큼이라도 충의(忠義)가 있다면 스스로 특혜를 내려놓아야 한다. 이 일이 해결되기 전에는 5·18을 더 거론해서는 안 된다.

2019년 4월 16일

2019년 5월 18일에 자유한국당의 황교안대표가 미리 39회기념식에 참석할 것이라고 발표했다. 기념식 날 참석하려니 민주당에서 사생결단을 하고 상기의 말을 거론하며 김진태, 정진석의원의 세월호 그만 우려먹으라고 하세요. 이제 징글징글해요! 차명진은 : 세월호 유가족들, 진짜 징 하게 해 처먹는다. 고한 말을 막말로 벌칙하고 사과하기 전에는 못 온다고 막았다. 필자도 무선일이 날 것 같았다. 누구보다도 대통령과 민주당국회의원들이 앞장서서 광주시민을 부추겨 세웠다. 세월호 정부는 무엇보다도 선심성 예산으로서 추경에 목말랐던 때다. 그래서 필자는 "5, 18타령"이란 제하에 국회는 목마른 추경타령 전에 5,18 사이비유공자를 가려 밑 빠진 독부터 점검하라! 고 했다. 민주당은 제발이 절이는지 나서지 않았으며 또한 태극기 우파들도 5, 18사이비 유공자를 가리라고 맞불을 놓았다. 광주시민이 식장에 황대표의 참석 길을 막았으나 사고는 없었다.

국가유공자

자신의 조상이 잘 못 된 3 ,1운동유공자로 등록되어 각종혜택을 받다가 유공자가 아니라는 것을 알고 보훈처에 신고해 각종 특혜를 사양한 사람은 어떤 사람이며 5, 18유공자가 아니면서 각종 혜택을 받는 사람은 어떤 사람인가? 또한 5,18유공자 명단을 공개하라니 국가를 위한 공당이 사생활보호법을 거론하며 안 된다고 막고 있다.

입법과 세입세출 예산 감독이 주 임무인 공당이 부당한 예산이 지출됨을 옹호한다면 이런 당은 국가와 국민을 위한 정당이라고 할 수 없다.

2019년 3월 1일

己亥年의 기도

햇살론 冬天을 팔아
천오백조는 간곳없고
얼어터진 자영업에
좌판대의 철폐소리
낙엽 된 비정규직은
냉기 위에 뒹군다.

憂愁에 젖은 발길

초점 잃은 얼굴들이

人性 없는 손을 잡고

溫氣 잃은 大言 僞善

세월호 꺼진 거품에

들어난 혹세무민.

손바닥을 하늘 가린

저해는 지지 않는고.

무술년 가파른 고개

비알 한숨 저문 날에

찌들고

뒤틀린 虛를 덮을

새해의 瑞雪을 빌어 본다.

2018년 12월 27일

구름골짜기 최 관호

'도덕성'이 빠진 교육감 선출

2014년과 2018년 지자체선거를 하면서 국민의 한목소리는 교육감선거 제도개선을 해야 한다는 것이다.

또한, 이구동성으로 교육감 출마자의 신분도 잘 모르는 자를 왜 유권자들이 선출해야 하는가? 하는 의문의 목소리가 높았다. 한꺼번에 8가지 지방자치단체장과 의원을 선출하니 한 지역에서 오래 살아온 토박이라도 후보자들의 신분을 알기 어려웠다.

특히 교육감 선거는 각 단체장, 의원들에 비하면 이방지대라 더욱 생소할 뿐이다. 교육현장에서 근무해 본 경험이 없는 사람들은 교육감, 교육위원들을 선택하기가 더욱 어려웠다고 한다.

2014년 선거에 여야 정당 간에 제일 쟁점은 무상급식이었다.

그러나 그 외 여러 가지 정책도 있었지만 가장 시급한 문제는 그 보다도 교육계 내의 도덕성이다.

서울시 전 교육감이 선거부정과 비리의 소송문제에 얽매여 재임 중 업무를 제대로 하지 못하고 임기 전에 물러났고, 부산시에서는 교장이 감사 중, 학교 비리 때문에 스스로 목숨을 끊는 일이 있었다.

또한 일부지역 교육청에서 기초학력진단 평가의 허위작성을 해 오늘날 교육계의 비도덕적인 수준이 잘 들어나고 있다. 사회 여론은 이보다 더 심각하게 받아들이고 있다.

제일 상위 층 수장이 선거부정과 비리로 말미암아 소송을 하고, 또한 감사 중 교장이 비리로 말미암아 스스로 목숨을 끊는 그런 비도덕적 분위기 속에서 어떠한 교육정책을 하겠다는 것인지 의문이었다.

이렇게 중요한 사항을 두고도 교육감, 교육위원 출마자들은 선거 구호에서 도덕적인 문제를 제대로 거론한 사람이 없었다. 물론 무상급식과 각종 교육정책도 중요하지만, 교육을 이끌어 가는 교육감, 교육장, 교장 등 자신들의 도덕성이 문제이다.

앞으로 우리 사회는 환경문제도 중요하지만, 도덕적인 사회 분위기가 더 중요하다. 법치사회보다도 더 살기 좋은 곳이 도덕적인 사회이기 때문이다.

아무리 경제적 부를 가졌다 해도 비리, 거짓, 사기, 비방, 갈등, 등 비도덕적인 이웃이나 사회에서 생활하기란 불유쾌하고 살맛 안 나는 삶이 될 것이다.

교육은 백년대계를 내다보고 인재를 양성하는 길이다. 교육따로 행동 따로 인 학행이 다른 비도덕적인 교육지도자로선 큰 인재를 양성할 수 없다. '비도덕적인 자에게 교육을 맡긴다는 것은, 학생들은 길에 휴지를 버리지 못하게 하면서 자신은 길거리에 침을 뱉고 담배꽁초를 버리는 것과 같다.

따라서 비도덕적인 지식인은 있을 수 있어도 비도덕적인 인격자는 있을 수 없다. 도덕은 인격자가 갖추어야 할 필수적인 기본이요 학행이 일치되는 덕목이기 때문이다. 일반국민이 이 방 지대인 교육계 출마자들의 도덕성을 검정하기란 어려운 일이다.

교육감 출마자들의 선거포스터를 열거해 보면 자신들의 도덕성에 대해 변명의 단 한마디도 밝혀 놓은 것이 없다. 이렇게 아직도 자신들이 무엇을 먼저 해야 할 것인지 잘 모르면서 교육감을 하겠다고 하니 유권자로서는 더욱 선택하기가 어렵다.

교육감 투표를 하고 나서 다 교육감선출 제도를 개선해야 된다는 목소리가 높다. 일부 국민은 앞으로는 교육감 선출을 학원 내에서 교원들이 하는 것이 타당하다고 말한다. 대개 출마자들은 교육계 출신이므로 같이 근무해 본 경험이 있으니 누구보다도 도덕성을 더 잘 알고 있을 것이라고 했다. 그러나 여기에도 단점은 있다. 교원들이 교육감 선출 권을 갖게 된다면 아전인수 (我田引水) 격으로 자기들의 이익을 도모할 수 있다.

그렇게 되면 자신들의 확고한 신분보장부터 출마자에게 요구할 수 있으므로 진취적 교육을 위한 목적의 균형이 무너질 수 있다. 제일 중요한 것은 출마자들 스스로 도덕성을 유권자들이 잘 알 수 있게 하는 방법이다. 유권자도 교육감을 선택할 때 도덕성을 먼저 검정해 선출해야 한다.

국가의 큰 인재를 육성할 수 있는 길은 지식도 중요하지만 도덕성을 가진 훌륭한 인격자를 기르는 것이다. 따라서 교육감인 수장부터 도덕성을 가진 본보기가 되는 인격자를 고를 수 있어야 한다.

2010년 6월 7일

교육감, 깜깜히 선출

2014년 6·4지방선거를 하면서 투표장에 가려니 교육감 선출을 누구를 해야 할지 감이 잡히지 않았다. 고도의 도덕성이 요구되는지라 가면서 현수막이 있는 곳으로 가서 다시 보고 골랐더니 진보였다.

개표가 끝난 뒤에야 비로소 전교조 출신을 선택했다는 것을 알았다. 교육감이 전국 17명 중 13명이 진보이고 4명이 보수이다. 그 중 7명은 전교조 출신이다. 교육감 투표를 하면서 전교조 출신을 알고 선택한 사람은 거의 없다. 전교조 창설은 1979년 5월 28일이다. 창설 이후 10. 26을 겪으면서 선생님들이 단체행동으로 머리에 붉은 띠를 맨 것을 볼 수 있었다. 당시 국민의 시각은 참람했다.

5공이 정권을 잡으면서 잠잠했다가 6공 이후부터 참여정부까지 집단행동을 자주 볼 수 있었다. 국민은 그런 선생님을 볼 때 신분에 걸맞지 않다고 생각했다.

선생님을 아동은 선생님이라 부르고 행정적 표기는 "교사"라고 한다. 교원 양성에 윤리도덕은 갖추어야 할 필수적인 덕목이다. 교육은 단순한 지식 전달의 학원 강사와 기능인 기술 전수가 아니라 도덕적 인품을 갖추어야 한다. 행동 하나하나가 다 도덕적 인성 교육이다. 이론(理論)이나 지식이 아니라 실천이다.

그런데 전교조에서 건국대통령 이승만 박사와 박정희 대통령을 부정하고 역사 왜곡을 하며, 또한 붉은 띠를 두르고 탈법으로 집단행동을 한 것은 선생님으로서 결격자다. 교육감은 법적 도덕적은 물론, 고도의 윤리적 모범이 되어야 한다.

부산시 선거관리위원회와 교육청에 전화를 해 당선된 교육감이 전교조 출신이냐? 고 물으니 모른다고 했다. 교육청도 모르는 것을 시민이 어떻게 알 수 있는가! 선출자의 신분을 모르고 한 "깜깜히 투표"를 한 셈이다. 역사를 왜곡하고 교원신분이 결격자에게 교원들의 인사와 교육의 백년대계를 맡긴 것이다.

2014년 6월 10일

덕천강변, 장미원과 하굿둑

　필자의 집이 부산시 북구 금곡동 주공 6단지 금정산 기슭에 있어부산에서 공기가 제일 좋은 청정지역이다. 또한, 풍수지리설에 의하면 바람을 감추고 물을 얻는다는 장풍득수(藏風得水)의 명당이다.

　이곳을 처음 본 것은 필자가 60년 전 군 생활을 할 때 휴가를 오거나 갈 대 12열차 창밖에서 처음 보았다. 보는 순간 아! 이런 곳에 한 번 살아봤으면 하고 생각했다. 낙동강 양쪽 모래무지 늪지와 금정산 기슭의 산세가 절경 이였다. 그때만 해도 한적한 외진 곳에 열차가 가끔 한 번씩 통행하던 때이었다. 제대를 하고 부산에서 직장생활을 했다.

그 시대만 해도 부산의 새벽은 골목마다. 재첩국 아주머니들의 재첩국 사이소! 하는 목소리의 메아리와 함께 새벽이 열리었다. 그 재첩국과 막걸리를 먹으면 독특한 별미이고 애주가는 그것으로 아침을 때우는 사람도 있었다.

그 많이 나던 재첩이 필자가 직장을 따라 통영에서 35년간을 근무를 하다가 퇴직을 하고 다시 돌아오니 다 사라지고 재첩 잡는 사람도 없었다. 시장에서 가끔 파는 것을 볼 수 있어도 다른 곳에서 가져 온 것인지 그 때처럼 맛이 없다.

어느 날 이곳이 생각나서 구경을 왔다. 아파트 빌딩숲으로 변해 있었으나 강변은 아직도 곳곳마다 자연이 그대로 살아있어 이사를 오게 되었다.

매일 오후가 되면 율리 역에서 전철을 타고 금곡 역에 내려서 걸어서 강변의 갈대, 억새풀, 칡덩굴, 등 이름 모를 잡초가 무성한 풀밭 길을 걸어서 집으로 왔다.

가끔 강가에서 낚시하는 사람을 만나 이야기를 들어보면 낙동강 하굿둑 공사 이후 물고기와 재첩이 고갈상태라고 하며 있어도 기형(奇形)이 있다고 한다. (2019년부터 일부 하구 둑을 개방해 시험하고 있음)

하구 둑을 철거해 옛날처럼 물고기와 재첩이 살 수 있는 낙동강이 되었으면 하고 이곳을 지날 때마다 생각했다.

시내에 갔다 돌아오면 율리 역에서 항상 하차 했으나 5월 초순이 시작 될 때부터는 꼭 동원 역에서 내린다. 동원 역에서 내려 집에 가려면 율리 역에서 내리는 것보다 약 25분을 더 걸어야 한다.

그것은 동원 역부터 조달청 사이에 아름답게 핀 장미꽃을 보기 위해서이다. 장미가 피는 시기는 5월부터 6월까지라고 하지만 종류에 따라 다르다. 올해는 이곳에 5월 초부터 장미꽃이 피어 6월 15일에 떨어지기 시작했다. 그 빨갛게 피어오른 아름다운 장미 꽃송이를 보면 볼수록 어여쁜 여인이 빨간 입술로서 미소를 머금고 사랑을 속삭여 올 것 같기도 하다.

요즘 시 변두리지역을 걸어보면 간혹 일반주택의 높은 담을 타고 올라가는 덩굴장미나, 갓길 또는 담 옆에 피어 있는 나무 장미꽃을 볼 수 있다. 그 빨간 아름다운 꽃을 보면 누구나 길을 걸어가다가 발걸음을 멈추고 눈길이 가게 된다.

장미꽃은 빨간 꽃이 많으며, 결혼축하의 식장은 어느 곳이나 장미꽃이 주종으로 등장한다.

우리나라에 있는 아름다운 개량종은 미국과 유럽에서 8·15광복 이후에 들여온 것이라고 한다. 장미는 덩굴장미와 나무 장미로 분류되어 약200여 종이 있고, 현재 세분화되어 약 1,500여 종이 된다고 한다.

요즘 동원역과 조달청 사이를 걸어보면서 낙동강의 잔잔한 물결을 바라보면 장미꽃과 더불어 절경 중의 절경을 이룬다.

가끔 여성들이 이 길을 걸어가다가 장미꽃송이 앞에 서서입 맞춤을 하고 코로 장미향을 맡는 것을 볼 수 있다. 빌딩숲 속 석고상 정서에서 가정 사부터 사회생활의 복잡한 세상사에 찌든 사념을 낙동강 잔잔한 물결과 빨간 정열적인 장미꽃에서 씻어 버릴 수 있다.

그러나 언제나 이 길을 걸어보면, 아쉬운 것은 장미꽃이 심어진 거리가 너무 짧은 것을 느낄 수 있다. 그래도 이런 거리가 약 4~5km가 되었으면 하는 미련이 남는다.

내가 금곡동을 이사 온 지도 벌써 10년이 되었다. 해마다 금정산 기슭에 봄 꽃철을 지나 5~6월이면 푸른 가지들이 싱그럽게 끝없이 펼쳐지는 계절을 보면 나의 젊은 시절이 다시 돌아온 것 같다. 한없이 푸름이 펼쳐지는 계절에 장미송이가 핀 것을 볼 때면 더욱 특이한 멋을 느낄 수 있다. 이 계절이 되면 이곳 전 지역에 다 장미꽃을 심어 장미원을 만들었으면 하고 생각해 본다. 4대강 정비 사업과 함께 강변의 조경 사업으로 장미공원을 조성했으면 좋겠다. 3~4월에 피는 개나리, 진달래, 목련, 벚꽃 등, 꽃들의 축제계절이 끝난 후에 5, 6월까지 장미꽃이 연달아 피게 되므로 봄에서 초여름까지 계속 꽃의 축제가 이어질 수 있다. 지금 봄꽃 잔치를 하고 있는 것을 보면 유채꽃, 벚꽃, 진달래, 철쭉축제 등을 각 자치단체마다 하므로 2중~3중의 거듭되는 꽃 잔치가 되고 있는 것이 많다. 그러나 장미꽃축제는 오직 용인시에 에버랜드에서 하고 있는 축제 하나밖에 없다.

그곳은 이곳과 거리가 떨어지고, 또한 꽃이 피는 시기도 약 보름간 차이가 있으므로 이곳에 장미를 심어 장미축제를 하나 만들었으면 좋을 것이라고 생각된다.

용인 에버랜드에는 1만평 규모의 장미꽃밭에 794종의 장미가 심어져 있다. 그전에는 5월부터 7월까지 2개월간 축제를 했으나, 올해는 5월 13일부터 6월 12일까지 축제를 열었다고 한다. 1인당 입장료가 대인은 38,000원이고 청소년은 3,2000원, 노인과 어린이는 23,000원이라고 한다. 입장객이 1일 평균 2만 명이라고 하니 그 수입만 해도 대단하다. 용인 에버랜드와 같이 입장료를 받지 않으면 관광객들이 더 많이 올 것이라고 예상된다. 진달래축제, 벚꽃축제와 같은 것은 꽃의 수명이 짧아 축제도 단기간에 끝난다. 장미는 단기간에 끝나는 것이 아니고, 1개월 이상 장기 축제를 할 수 있을 것이므로 관광객을 오래도록 끌어 올 수 있는 사업이라고 본다.

항상 이 길을 걸으면 강변의 장미꽃길이 하늘 끝까지 펼쳐졌으면 좋겠다는 아쉬움이 남는다. 오늘도 이 길을 걸으면서 나의 찌든 시름을 장미꽃 넘어 낙동강 강물 위에 띄워 보낸다.

2011년 6월 23일

(부산일보 칼럼 인용)

2020년의 祈禱

2019년도 날마다
오늘이 내일이고
내일이 오늘이더니
삼백육십 다섯 끝 간,
계단을 올라 今日엔
마지막 남은 月曆
한 장을 갈무리합니다.

庚子年 元旦을 열어
日常을 삼가 빌며
刹那도 謹篤으로
本然을 時世에 처해
外物에 잃지 않고
恒心에 幸福하시길
한해를 빌어봅니다.

2019년 12월 31일
운곡 최 관호 謹書

"관훈클럽 황대표 문답"

2020. 3. 25일 사회자가

"박근혜대통령 탄핵에 대해 O냐~X냐? 고 잘 잘못을 2번이나 물었다. 황대표는 "현재는 o~x로 대답할 때가 아니다. 지금은 모든 국민이 힘을 모아 문재인 정권을 타도할 때라고 대답했다."

재차 질문에서도 "탄핵이 잘 못 되었다고 보느냐?" 의 물음에 "우리는 미래로 나아가야 함으로 여기에서 매달려서는 안 된다" 고 했다.

대통령후보가 될 대표로서는 그렇게 답할 수밖에 없는 것이 당연하다. 그러나 탄핵 후에 최저임금제, 탈원전으로 한전의 부채, 또한 대외관계, 남북관계, 중소상인들의 폐업, 대기업의 적자를 보면 분명히 잘 못 된 것이 크다....

이로 말미암아 국가의 존폐위기가 놓였고, 경제가 10위권 내에 돌던 것이 40위로 추락한 것을 보면 망국으로 가는 길이며 앞으로 나라가 오리무중에 놓였다. 미래통합당 대표로서는 이렇게 대답 할 수밖에 없다.

그러나 당내 의원들이 아직도 탄핵을 당연시 한자가 많으므로 정답이라고 볼 수 밖에 없다. 그러나 당시 권한대행으로서 보면 책임이 없다고 할 수 있는 대답이 아니다. 지금 미래통합당 공천 탈락자들이 공천에 떨어져 도로 친박당이 되었다고 비난 하지만 단지 탄핵만 놓고 보면 크게 잘 못 된 생각을 하고 있다.

그런데도 탄핵 잘 못이 없는 것처럼 도로 친박당 운운한 자는 정치에서 손을 떼야 한다. 한나라당 당시 박대통령 옆에서 잘 못 된 짓을 해 친박이란 명칭을 얻은 것을 보면 분명 잘 못 된 의원도 많았다.

탄핵 후 나라가 이렇게 되어가고 있는 것을 보면 잘 못이 아니라고 답할 수 있는 사람은 없을 것이다. 분명 탄핵으로 말미암아 나라가 낭떠러지에 추락하고 있는 것을 보면서 아직도 탄핵을 잘 한 것 이라고 친박을 거명한 것은 분명 지엽적인 것만 보고 대소를 구분 못하는 자로서 국사를 논 할 자가 못된다. 탄핵으로 인해 이렇게 어려운 중소기업 중소상인들과 국민의 아우성을 듣고도 탄핵을 잘했다고 생각하는 자는 정치에서 물러나는 것이 국민과 나라를 위한일이다.

2020년 3월 26일

유학이 아닌 유교다

초판 1쇄 인쇄일	2019년 12월 15일
초판 1쇄 발행일	2019년 12월 20일

지은이	최관호
펴낸이	정진이
편집/디자인	우정민 우민지
마케팅	정찬용 정구형
영업관리	한선희 최재희
책임편집	정구형
인쇄처	제삼인쇄
펴낸곳	국학자료원 새미(주)
	등록일 2005 03 15 제25100 · 2005 · 000008호
	경기도 고양시 일산동구 장항동 864-3 하이베라스 405호
	Tel 442 · 4623 Fax 6499 · 3082
	www.kookhak.co.kr
	kookhak2001@hanmail.net

ISBN	979-11-90476-06-5 *03800
가격	28,000원

* 이 도서의 국립중앙도서관 출판예정도서목록(CIP)은 서지정보유통지원시스템 홈페이지(http://seoji.nl.go.kr)와 국가자료공동목록시스템(http://www.nl.go.kr/kolisnet)에서 이용하실 수 있습니다.(CIP2019052647)